年下オオカミ君に愛情ごはん

杉原朱紀

幻冬舎ルチル文庫

CONTENTS ✦目次✦

年下オオカミ君に愛情ごはん

✦カバーデザイン＝久保宏夏（omochi design）
✦ブックデザイン＝まるか工房

イラスト・猫乃森シマ✦

年下オオカミ君に愛情ごはん

じゅっと、肉を揚げる軽やかな音が響く。

狭い店の中に香ばしい匂いが広がり、カウンター席に座る人々の視線が、自然と同じ場所へと向いた。

その先では、ほっそりとした体軀《たいく》に作務衣《さむえ》を身につけ、膝丈《ひざたけ》の前掛けをかけた男――藤野《ふじの》柊也《しゅうや》が、真剣な表情で鍋の中を見つめている。形の良い頭には藍色のバンダナを巻いて、さらりとした黒髪が料理に入らないようにしてあった。

柔らかな容貌《ようぼう》を形作る、優しげな目元とすっと通った鼻筋、薄い唇《くちびる》。小作りな顔にそれらがバランスよく配置され、人形のように整った顔立ちは、古ぼけた――昔ながらの定食屋といった風景の中で、いささか違和感があるほどだ。

「……――」

左手に四角いバットを持ち油を満たした鍋を見つめていた柊也が、さほど時間が経たないうちに菜箸を動かす。油の中からきつね色になった鶏の唐揚げを手際よく引き上げ、バットの上に並べていくと、食欲をそそる醬油《しょうゆ》とにんにくの匂いがふわりと店内に漂う。

そして二度揚げを済ませた全ての唐揚げを取り出すと、野菜を盛りつけた皿に見栄えよく盛っていった。

思い思いに会話している客達の視線も、ちらちらと、厨房《ちゅうぼう》で手を動かす柊也へと向けられる。そのどれもが、出てくる料理が楽しみで待ちきれないといったふうだ。

人数分のご飯をよそい、同じく味噌汁《みそしる》を椀《わん》に注いだところで、カウンターの上——注文を受けた客の前に料理を置いていく。

「お待たせしました。今日の肉定食です」

「お、きたきた」

言いながら、客達が、各々皿や茶碗《ちゃわん》を自分達の前に引き寄せる。この店は柊也が一人で切り盛りしており、常連客達は率先して動いてくれることが多い。店内のそんな雰囲気のおかげか、初めて来た客も、細々とした給仕ができなくても気分を害することなく食べていってくれるのがありがたかった。

「今日も美味《うま》そうだ」

「いただきます」

客達がそれぞれに食べ始めるのを見て、柊也は頬《ほお》を緩める。今入っている客の料理を全て出し終わったことを確認すると、洗い物を始めた。

定食屋『ふじの』は、カウンター席が十席のみというこぢんまりとした店だ。元々は、柊也の父親が独身時代に始めた店で、結婚してからは夫婦で切り盛りし、柊也が生まれ——数年後に母親が病気で故人となってからは、父親が男手一つで柊也を育てながらやってきた。

昔は、カウンター席の他にも二人用のテーブル席を二つほど置いていたのだが、柊也が高校を卒業し就職を機に家を出てからは、人を雇う余裕もなく最低限の席数で回している。

柊也にとってこの店は、もう一つの家のようなものであり、実際、幼い頃はここで客達に相手をしてもらいながら育った。

いつかは戻るつもりでいたが、三年ほど前、父親が急な病気で故人となり、柊也はそれまで働いていた店を辞めてここを継いだのだ。

店内は、父親が始めた時からほとんど変わっていないため、幾ら清潔にしているとはいえ古ぼけた印象は拭《ぬぐ》えない。また近隣には小洒落《こじゃれ》たカフェなども多くなり、正直、繁盛しているとは言い難《がた》かった。それでも、昔ながらの――そして、柊也が後を継いでから通ってくれるようになった常連客達によって支えられている。

「ちわー。店長、今日の魚定食って……え、あれ?」

元気に店の扉を開けた顔なじみの青年が、ガッとなにかがつっかえるような音に続き焦った声を上げる。洗い物をする手を止め、厨房から顔を出して店の入口の方を見ると、引き戸が閉まらなくなったらしく困ったような表情で青年が立ち尽くしていた。

「あーあ、ついに壊したな」

「これは弁償だな」

他の常連客達が面白がって次々と揶揄《やゆ》するのに、青年が慌てたように「ごめん、店長!」と引き戸を閉めようとする。だが、どこかが壊れたのか、引き戸は開きはするものの閉めようとすると途中で引っかかり、それ以上動かなくなっていた。

濡《ぬ》れた手を拭《ふ》き、厨房を出ると、青年と代わり扉を閉めてみる。だが、やはり中途半端に開いたままの状態でびくともしなくなり、柊也は扉の上と下を確認すると早々に諦めて手を離した。扉がレールからずれているのでも、目に見える障害物もないため、恐らく、中で金具かなにかが引っかかっているのだろう。

（これは、早いうちにどうにかしないとな）

幸い、途中から閉まらないというだけで、開きはする。また、開いていても表から中が丸見えになるほどでもないため、閉まるところまで閉めて隣に立つ青年に笑ってみせた。

「いらっしゃいませ。今日の魚定食は、牡蠣《かき》フライの自家製タルタルソースがけです」

「店長……」

しょんぼりとした青年に「大丈夫」とからりと笑い、空いているカウンター席に促す。

「開かなくなったのなら困るけど、閉まらないだけなら後でどうにかします。元々、建て付けが悪かったし」

時折、開閉時に引っかかることがあり、だが特に不便もなかったため放置していたのだ。こうなるのも時間の問題だった。

「ごめん……」

「気にしてくれるなら、お昼ご飯食べていってください。魚定食でいいですか？」

「あ、うん。ご飯大盛りで！」

「はい。小鉢は三種類ありますから、いつも通り一つ選んでくださいね」

くすりと笑いながらそう言い置き、厨房に戻る。手を洗い、水気を切って軽く塩こしょうで下味をつけた牡蠣に衣をつけると、手早く揚げ始めた。

『ふじの』のメニューは、肉定食、魚定食、カレーの三種類だけだ。内容は日替わりで、それぞれ、仕込んだ分がなくなった時点で終了としている。

頃合いを見て油から引き上げた牡蠣フライをバットに載せ、油を切る。すぐに野菜を盛った皿に移して自家製のタルタルソースをかけると、ご飯や味噌汁、選んでもらった小鉢と一緒に定食用のトレイに載せて青年の前に置いた。

「でも店長、実際問題、あの扉どうするの？　さすがに、あのままってわけにはいかないでしょう」

すると、タイミングを見計らったように食べ終わったスーツ姿の男がお茶を飲みながら声をかけてくる。エリートサラリーマン然とした、この寂れた定食屋では幾分浮いて見えるこの男も、月に何度か昼食を食べに来てくれる常連客だ。

「後からもう少し試してみて、駄目なら業者に連絡します。今日は難しいと思いますけど、明日か明後日には来てもらえるでしょうし」

「でも、今日が駄目なら開けっぱなしってことだろう？　不用心だよ。よければ業者が来るまでの間、閉まるようにだけでもしてくれそうなところ紹介しようか？　応急処置として」

「応急処置？」

首を傾《かし》げた柊也に、そう、と男が続ける。

「便利屋――なんでも屋かな。知り合いがやっているんだけど、信頼できるところだし腕は保証するよ」

「便利屋……」

「紹介だと、初回はお試し価格で安くやってくれるだろうしね」

「そこってアオヤギだろ！　それなら俺が紹介するよ！」

熱々の牡蠣フライにかぶりついていた青年がそう言うのを、男が「残念、早い者勝ちだ」と笑っていなし、スマートフォンを取り出す。

「店長、どうする？　頼むなら、電話しておくけど」

そう言われ、一瞬だけ考えた後、頷《うなず》く。自分でどうにかできればいいが、できなかった場合、いつも頼んでいる業者に連絡しても即日対応はまず無理だ。幸い、明日は土曜で定休日のため、ひとまず閉まるようにさえなればいい。

「お願いしていいですか？」

「了解」

ひらりと手を振った男が、スマートフォンを操作し電話をかけ始める。それを機に、食べ終わった客が席を立ち、会計を済ませていった。

「じゃ、そういうことで。よろしく」

会計する客が一段落したところで、男の声が耳に届く。そして電話を終えた男が、スーツの内ポケットから名刺入れを取り出した。

「店長、なにか書くものある?」

「はい」

頷き、いつもカウンター内レジ横に備え置いてあるボールペンを手渡すと、名刺の裏になにかを書いて差し出してくる。

「これ、今連絡した店と、担当者の名前。俺の携帯番号も書いてあるから、なにか問題があったら連絡して」

「あー、そうやって店長に連絡先渡そうとするー」

「紹介するんだから、万が一の時に対応するのは社会人として当然」

定食を食べながら文句を言う青年と、それを鼻であしらう男のやりとりに苦笑しながら、男から名刺を受け取る。

「ありがとうございます」

「どういたしまして。ああ、今回のことで用がなくても電話はしてくれていいから」

軽い口調に笑みで返し、名刺を汚さないようにレジの近くに置いた。

それから一時間ほど経ち、二時になる前に最後の客が店を後にする。客の少ない二時から五時までは、休憩と夕方からの仕込みを兼ねて店を閉めることにしている。時計を確認した柊也は少し早いもののレジ横に置いた『準備中』の札を手にした。

「……――?」

その瞬間、ふ、となにかに呼ばれたような気がして入口の方を見る。だがそこに人影はなく、気のせいかと視線を逸《そ》らした。その、直後。

「失礼します」

「……っ!」

声とともにがらりと入口扉が開き、びくっと肩を震わせる。驚きも露《あらわ》に入口を見ると、そこには柊也より幾分年下だろう長身の青年が立っていた。視線が合うと、青年は不思議そうな表情を浮かべ小さく首を傾げる。

ダークブルーのカットソーにブラックデニム、黒のスニーカー、それにワンショルダーのボディバッグをつけた姿は、学生のようなカジュアルな服装だが、ぱっと目を引くような華やかさがあった。

柔らかそうな薄茶色の髪は、耳にかかる程度に少し長めに伸ばされており、そこから覗《のぞ》く右耳には小さな緑色の石がついた銀色のピアスが二つ並び、左耳にも銀色のものが一つついている。髪と同色の切れ長の瞳と端整な顔立ちは、黙っていれば鋭さや威圧感を与えるのだろうが、若さも相俟《あいま》って軽やかで垢抜《あかぬ》けた雰囲気の方が強かった。

そして、その色素の薄い――けれど真《ま》っ直《す》ぐな瞳がやけに気になってしまい、ついじっと見つめてしまう。

（大学生くらいかな。モデルでもやってそうだ……）

少なくとも、こんな寂れた定食屋にやってくるようなタイプではない。そんなことを思いながら青年を見ていると、見た目よりもずっと落ち着いた声で青年が告げた。

「ご依頼の件で伺《うかが》いました、『青柳《あおやぎ》サービス』の者ですが」

「……あ、ああ！　すみません」

その声に、はっと我に返る。すぐにそれが先ほど常連客から渡された名刺に書かれていた店名だと思い至り、『準備中』の札と滅多に使うことのない名刺を手にカウンターから出た。同時に、青年が片手に下げていた工具箱を床に置くと、デニムの後ろポケットから名刺入れを取り出す。

「『青柳サービス』の斎槻《いつき》です」

「ありがとうございます。店長の藤野です」

名刺を交換すると、そこに書いている名前を確認する。どうやら、学生ではなく便利屋のスタッフだったらしい。

「扉が閉まらなくなった、ということでしたが、そこですか？」

「はい」

ちらりと背後の入口扉に視線を移した青年――斎槻に頷いてみせると、その横を通り抜けて表に『準備中』の札をかける。そして、開いたままの入口扉を閉めてみせた。

ガッという音とともに途中で引っかかった扉をそのままに、頭一つ分高い位置にある斎槻の顔を見上げる。

「この通り、途中で引っかかってしまって。扉がずれた感じでもないので……」

「わかりました。見せていただいても？」

「お願いします」

斎槻に場所を譲り、少し離れた場所で作業を見守る。がたがたと音をさせて扉を動かした斎槻は、柊也がしたのと同じように、扉の上と下を確認して振り返った。

「扉、外してもいいですか？」

「はい。手が必要なら言ってください」

頷いた柊也に会釈し、斎槻が工具箱から工具を取り出す。なにをしているのかはよくわからなかったが、手早く幾つかのネジを外した後、丁寧な手つきで硝子《ガラス》張りの扉を外した。

（手際がいいな……）

随分と慣れている様子に感心しながら見ていると、扉を検分した後、なにやら作業していた斎槻が、外した部品の一つを柊也のところへ持って来る。

「レールの部品が割れてしまって、引っかかっていたようです。ただ、古いタイプの扉なので、手持ちに合うものがなくて……割れた部分をくっつけて補強すれば、一応は動かせるようになりますが、どうしますか？」

　ただ、何度も開閉するとまた壊れてしまうため、すぐに本格的な修理はした方がいい。そう告げた斎槻に、お願いします、と頷いた。

「とりあえず、今だけ閉まるようになればいいです。いつも頼んでる業者に連絡すれば、明日か明後日には来てもらえるでしょうから」

「わかりました」

　頷いた斎槻が修理を始めたのを横目に、カウンターの中に入った柊也はレジ近くの電話に向かうと、連絡先リストから業者の電話番号を探し電話をかけた。

　幸い、タイミングよく予定に空きがあったらしく、業者は明日の午後には来てくれることになった。これを機に扉の金具を新しいものに換えてしまうことを決めて話を済ませると、電話を切る。

　入口を見ると、しゃがみ込んだ斎槻が壊れた部品を手になにやら細かい作業をしていた。作業が終わったらお茶でも淹《い》れようと準備をし、後は、邪魔にならないように賄いの準備と夕方の仕込みをしておくことにした。

　どのくらい時間が経ったか、野菜を切り終わり顔を上げると、からからと聞き慣れた音が耳に入る。見れば、入口扉が斎槻の手によってスムーズに開閉されているところで、包丁を置いて手を洗った。

「終わりました」

こちらを向いて告げた斎槻に、ありがとうございます、と言いながらカウンターを出る。入口に行くと、場所を譲られ、先ほど斎槻がやっていたように扉を横に滑らせ開閉してみる。なんの抵抗もなく動くようになった扉にほっとし、柊也は傍《かたわ》らに立つ斎槻を見上げて微笑《ほほえ》んだ。

「ありがとうございます、助かりました」

「……いえ。あくまでも応急処置なので」

一瞬目を見張った斎槻が、なぜかすっと目を逸らして告げる。なにか変なことを言っただろうかと内心で首を傾げながら、頷いた。

「明日、業者が来てくれることになったので、閉まるようになっただけで十分です。夕方の営業の時は、人が通れるくらい開けておくことにします」

「ならよかった」

そう言った斎槻が、しゃがんで足下に広げた工具を手早く片付ける。カウンターの中に戻った柊也は、準備していた急須でお茶を淹れ、入口近くのカウンター席におしぼりと一緒に湯呑《ゆの》みを置いた。

「お時間あるようでしたら、座ってお茶でもどうぞ」

「ありがとうございます」

片付けを終えた斎槻が、カウンター席に座り、おしぼりで手を拭きお茶を飲む。その間に支払いの準備をと思い尋ねると、予想以上に安い料金を告げられ目を見張った。

「え、それでいいんですか？」

「たいした作業じゃありませんでしたし、今回は、鳥海《とりかい》様からのご紹介なのでお試し価格になってます。またなにかあった時に、ご利用いただければ」

そうして、店を紹介してくれた常連客の名前を告げる。そういえば、彼も同じようなことを言っていたことを思い出し、わかりました、と告げられた金額を支払った。

領収書を受け取り、お茶を飲み終わった斎槻が席を立つ。するとその瞬間、静かな空間の中に、ぐうううっという盛大な腹の音が響いた。

「……――」

「……――」

その音に、ぴたりと二人が動きを止める。直後、斎槻が決まり悪げに視線を逸らし、柊也は吹き出しそうになるのを堪《こら》えるために拳を口元に当てた。

「……っ！」

「……すみません。じゃあ、これで」

恥ずかしさからか、先ほどまでよりさらにぶっきらぼうにそう言った斎槻が踵《きびす》を返そうとするのを、柊也は考える間もなく引き留めていた。

「あ、待って待って」

カットソーの裾《すそ》を軽く引かれ足を止めた斎槻が、怪訝《けげん》そうな顔で柊也を振り返る。

「お腹空《なかす》いてるなら、賄いでよければごちそうするよ」

「は？」

柊也の言葉に、斎槻が呆気《あっけ》にとられた表情をする。それがなんとなく幼く見えて、弟がいたらこんな感じかなと思いつつ、笑いながら言葉を続けた。

「メニューは選べないけど、ちょうど食べようと思って作りかけてたところだからすぐできるし。安く作業してもらったお礼ってことで。あーっと、次の予定があるかな？」

この後も仕事が入っているかもしれない。そう思い、付け加えて尋ねると、いや、と戸惑いを混ぜた声が返ってきた。仕事ではないからと柊也がラフに話し始めたせいか、便利屋スタッフと客という立場で使っていた敬語が、斎槻からも自然と抜けている。

「次は夕方だけど……」

「ならどうぞ。アレルギーとか、嫌いなものは？」

「……特には。いや、でも」

「味の好みは……まあ、食べてもらわないとわからないけど。座って待ってて。手を洗うなら、あそこに洗面所があるから」

多少強引に言いながら、カウンターの中に入り、準備していた賄いの材料をもう一人分増やす。作ろうと思っていたのは、昼の定食で揚げた唐揚げの余り——大きさや揚げ具合から客に出すものとしては外したもの——で作った、唐揚げ丼《どん》だ。

さっさと作業に入った柊也を茫然《ぼうぜん》と見ていた斎槻が、いまだ戸惑った気配を漂わせつつも再び席に戻った。

丼《どんぶり》にご飯をよそい、その上に付け合わせ用の野菜——キャベツや人参《にんじん》の千切り、キュウリやパプリカ、レタスを多少彩りがよくなるように盛りつける。レンジとトースターで温め直した唐揚げをその上に載せた後、醤油ベースで甘辛く仕上げたタレをかけ、半熟卵を載せた。最後に上から手作りのマヨネーズをかけて出来上がりだ。

「はい、お待たせ」

二人分の丼とお茶、割り箸をお盆に載せてカウンターから出ると、斎槻の前にそれらを並べて置く。そして一席空けて自分の分の丼とお茶を前に置くと、柊也も椅子に座って割り箸を割った。

「簡単なものだけど、どうぞ」

「いいんですか?」

「もちろん。口に合えば良いけど」

躊躇《ためら》いがちな声にからりと笑って告げ、いただきます、と言って一足先に食べ始める。す

ると間もなく、横から同じように割り箸を割る音と「いただきます」という声が聞こえてきた。

「……――っ！」

だが一口食べた直後、斎槻が息を詰めたような気配がする。

強引に誘ったこともあり、口に合わなかっただろうかと心配になり横目に見ると、箸を止め丼を見ていた斎槻が、なにかを確かめるように再び唐揚げを口に運んだ。

「……――、美味い」

一瞬だけ考え込むようにしていた斎槻が、だが、すぐにぼそりと呟《つぶや》き黙々と食べ始める。

その言葉に、柊也はよかったと口元を綻ばせた。

「お腹空いてるなら、おかわりも作れるから遠慮なくどうぞ」

「いや、さすがにそれは……」

苦笑した斎槻が、最初の躊躇いがちな様子とは一変して気持ちのいい勢いで食べるのを見て、柊也も箸を進めた。

どうして客ではない初対面の相手にこうして食事を出そうかと思ったのか、自分でもわからない。お腹を空かせている人を見ると放っておけないだとか、誰彼構わず情をかけるようなタイプでもない。ただ、気がつけば声をかけていたのだ。

賄いを食べ終わり、お茶を飲んでいたところで、同じように湯呑みを手にした斎槻がその場で頭を下げる。

「ありがとうございます。美味かったです。これ、いくらですか？」

「余り物で作った賄いだから構わないよ。美味しく食べてくれたなら、それで十分」

「でも……」

「こっちも、よかったら今度はお客さんとしてまた食べに来てください」

困ったように眉《まゆ》を下げた斎槻に、やはり弟を見ている気分で笑う。すると、斎槻が少し考えた後、もう一度頭を下げた。

「じゃあ、ごちそうになります。ありがとうございました」

「どういたしまして」

そうして、食べ終わった二人分の丼を手に席を立つと、斎槻が合わせて立ち上がる。

「よかったら、皿、洗わせてください。食事の礼に」

「え？　いやでも、これ自体、安くしてもらったお礼だし……」

「仕事の支払いはきちんとしてもらってます。安いのは、うちの料金設定でそうなってるだけなんで」

律儀にそう言った斎槻に、頬を緩める。華やかで軽やかな——悪い言い方をすれば軽薄にも見えてしまいそうな外見の印象より、中身は随分と生真面目《きまじめ》で硬そうだ。そんなことを思いながら、じゃあ頼もうかなと笑い店の奥からカウンターの中——厨房に招き入れた。

「こっち入って、手、洗って。食洗機に入れてしまうから、簡単に汚れを落とすくらいでいいよ。洗い残してる分は、そのままにしといていいから」

洗い場は、動線を考慮しスイングドアから厨房に入ってすぐのところに設置している。洗い場の前に立った斎槻は、スポンジと洗剤を手にすると、慣れた様子で手際よく洗い物を始めた。

「これ、全部洗ってしまっても？」

さっさと二人分の丼と湯呑みを洗ってしまった斎槻が、昼の営業で使ったまま浸水させていた茶碗を手にする。さほど多くはないものの、さすがにそれをやらせるのは申し訳なく押し止《とど》めようとしたが、柊也の返事を聞く前に手早く洗い始めた。

「ごめん。ありがとう」

「ついでです。気になるところがあれば、遠慮なく言ってください」

「いや、全く問題ないよ。ていうか、慣れてるね」

「まあ、便利屋ですから。仕事で、調理場のヘルプに入ることもあるので」

「へえ、そんなこともするんだ」

「依頼があれば、法に触れること以外大抵のことは」

予洗いした茶碗や皿を受け取り食洗機に並べながら、柊也は、そういえば、と首を傾げる。

「えらくお腹空いてたみたいだけど。朝食抜きだったとか？」

「あー、まあ……。金欠で、ここ数日」

「金欠」

思わず繰り返してしまったそれに、斎槻がばつの悪そうな表情を浮かべる。

「ちょっと、色々あって。給料日が明日なんで」

そう言った斎槻に、昔の自分の姿を思い出し、つい笑ってしまう。

「俺も昔、給料日前になると金欠でお腹空かせてたっけ」

「そうなんですか？」

「うん。まだ別のところで働いてた頃だけど、勉強のために他の店で食べたり家で試作したりするのにお金使ってたから、給料日前の財布はすっからかんだった」

幸い、働いてるのが飲食店だったから、賄いもあったし食いっぱぐれることはなかったけど。昔を思い出しながらそう言うと、隣に立つ斎槻の口元にかすかな笑みが浮かんだ。その表情が思いのほか優しく、素の人柄が垣間見えた気がして嬉しくなってしまう。

（愛想はないけど、いい子そうだな）

ふっと目を細め、だがそこで、普段さほど人に興味を持つことのない自分が斎槻に対し驚くほど好感を持っていることに気づき、内心ではてと首を傾げる。

（第一印象とのギャップかな）

そんなことを考えながら最後に洗ったグラスを受け取ろうとし、だが、ぼんやりとしていたせいか、つい手の位置がずれてしまう。

そして、指先が斎槻の手に触れた瞬間——パキッと、乾いた音が耳に届いた。

「え？」

「……っ、悪い！」

咄嗟《とっさ》に引いた斎槻の手の中でグラスが綺麗《きれい》に割れ、破片が流し台の中に滑り落ちる。だがそちらよりも先に、斎槻の掌から流れる血に視線が向き、目を見張った。

「血が……っ」

「大丈夫。これくらい、たいしたことは……」

だが慌てて斎槻の手首を取った瞬間、ぐらりと視界が揺れた。倒れる。そう思い反射的に洗い場に手を突くと、おい、という焦った斎槻の声がやけに遠くから聞こえた気がした。

「大丈夫じゃ……、……っ！」

「な、に……」

ぶわり、と。むせ返るような甘い匂いが広がる。度数の強いアルコールを飲んだ時のように頭の芯が痺《しび》れ、力の抜けそうになった脚をどうにか踏ん張る。

そして自然と、匂いのもと——斎槻の血に濡れた掌へ、視線が吸い寄せられた。

（あれは、なに……？）

甘い匂いに、思考が侵されていく。妙に喉《のど》が渇き、こくりと唾《つば》を飲み込んだ。

「おい……っ」

どこかで、声が聞こえる。そんなことを思いながら、ぼんやりと自分の手を見つめた。その指先についた、赤い色。

血。

斎槻の手首を摑《つか》んだ時に流れた血がついたのだと頭の隅で考えながらも、無意識のうちに血に濡れた指を口元へ運んでいた。

冷静であれば、絶対にしない。けれど今は、それが当たり前のことのように思えた。

(きっと、凄《すご》く、甘い……)

息苦しさから、熱を持った息を零《こぼ》しながら、指を濡らす血を舌先で舐《な》める。

「……——っ!」

直後、きん、と鋭い音が頭の中に響き、全身が硬直する。なにが起こったのかもわからないうちに、目と口を限界まで開き、呻《うめ》き声を上げた。

「う、あ、あ……」

「おい!」

音。そして、匂い。洪水のように押し寄せてきたそれらに、息ができなくなる。

苦しい。息が、できない。

もがくように喉を押さえ、脚に力が入らずその場に頽《くずお》れた瞬間、強い力に腕を引かれたような気がした。

「……か、こんな……と、に……」

がんがんと、頭に響く音の中で、かすかに斎槻の声を拾う。だが言葉として認識できないまま、それはすぐに音の渦にかき消されていく。

（誰か、誰か助けて……）

そして、唇がなにか温かいものに包まれた瞬間——柊也の意識はぷつりと途切れた。

◇◇◇

『面白い定食屋があるんだ。味の保証はするから、いつか食べに行ってみるといい』

最初にそう言ってきたのは、誰だったか。記憶を巡らせながら、斎槻隼斗《はやと》はそっと目を細めた。

以前から店に依頼を持ち込む客や知り合いが話していた、美人店主がやっている『面白い食事』を出す定食屋。

多少興味を引かれはしたものの、生活圏からは外れており、わざわざ足を運ぼうと思うほどでもない。そのうち余裕があれば行ってみよう、程度の認識だった。

だがなんの偶然か、午後から時間が空き事務所に立ち寄ったタイミングで、件の定食屋から仕事が入ったことがわかったのだ。

視線を落とし、目の前で横たわっている男——藤野柊也を見つめる。

座布団《ざぶとん》を二つに折り枕代わりにし、畳の上に横たえた身体《からだ》は、ほっそりと頼りない。瞼《まぶた》を落としたその顔色が青白いのは、先ほどの衝撃のせいだろう。

あの後、隼斗は、倒れて目覚める様子のない柊也を『ふじの』の二階に運んだ。バックヤードに勝手に入ることに罪悪感はあったものの、厨房の床に横たわらせておくことも躊躇われ、ちょうどいい場所がないか見て回ったのだ。

二階は、小さな和室になっており、事務所兼休憩所として使っているようだった。中央に脚の短い丸テーブルとノートパソコンが置かれ、隅の方には着替えをかけているのだろうハンガーラックと、カップや本を並べた小さな棚が設えられている。

丸テーブルを端に寄せて柊也を寝かせ、隣に座り様子を見ているが、目を覚ます気配はない。かといって、目を覚ました後の状況が想像できるだけに、放って帰るわけにもいかなかった。

「……まあ、仕方がないか」

腕時計を見ると、四時半になろうとしている。店の入口には、先ほど臨時休業の貼り紙をしておいた。目を覚ましたとしても、まともに営業ができるとは思えなかったからだ。

「まさか……、だったな」

溜息《ためいき》とともに、柊也の寝顔を見つめる。

偶然の成り行きとはいえ、折角の機会だからと、ここに来ることが楽しみになったのは本当だ。皆が口を揃《そろ》えて言う――けれどその内容を決して明かさない『面白さ』が、どんなものなのか。

生憎《あいにく》、仕事で行くのと、財布の中身が心許《こころもと》なかったため、食事はできないだろうと思っていた。それが、ひょんなことから賄いを振る舞ってもらったのだが。

一口食べて、驚いた。出された食事から、『力』が流れ込んできたのだ。

――獣人《じゅうじん》、という存在が、この世界にはいる。

とはいえ、元々この世界にいた存在ではない。それは、ここと異なる世界から紛れ込んできた異物とも言えた。

ある条件と方法が揃えば、この世界と獣人達が住む世界に道を作ることができる。その道を通って、獣人達はこの世界にやってくるのだ。

ここに留《とど》まっている獣人達は、みな、人の姿をとり人に混ざって生きている。それぞれに獣人としての本来の姿や、人にはない力を持ってはいるが、それを表に出すことも、またそれをもって人に影響を与えることも禁忌とされていた。

けれど、タブーとして戒められずとも、この世界では本来自分達がいるべき場所――『獣人の世界』と同じ状態ではいられない。根本的な世界の在り方――その存在自体が全く異なるのだから、当然といえば当然だ。

獣人達の本来の姿は、様々だ。大多数の獣人はこの世界の人間と大きく変わらず、それぞれ自分達の種族に起因した身体的特徴を部分的に持っている程度だが、より力が強い者は人より獣に近い姿をとることもある。

かくいう自分も、獣人の一人だ。種族は、狼《おおかみ》。本来は銀狼《ぎんろう》で、銀色の髪と赤い瞳、狼の耳や尻尾《しっぽ》、牙《きば》や爪《つめ》を持つが、この世界では擬態時の——人間と同じような姿をとっている。

とはいえ、たとえ本来の姿に戻っても、この世界のほとんどの人間には擬態時と同じに見えるらしい。獣人としての姿を視認できるのは、ごく一部の特殊な者達だけ、だそうだ。

この辺りのことは、自分もこの世界に来て説明され初めて知った。

またここでは獣人の能力も、大きく制限を受ける。ありえないもの、異質なもの、だからだろうか。獣人達はみな、この世界に来ると、身体の一部に重しをつけられているような——なにかの枷《かせ》を嵌《は》められたような、そんな感覚を覚える。もちろん、終始そんな感覚がつきまとうわけではないが、獣人としての力を引き出そうと意識すると、いつもは薄ぼんやりとしているその感覚が強くなるのだ。

(だが、さっき、確かにそれがなくなった……)

先刻、振る舞われた食事を食べた瞬間、その枷が一気に外れたような気がしたのだ。

獣人の世界にいた時のような身体の軽さと、解放感。久々のそれに、驚くと同時に困惑した。

実際に発現させる一歩手前まで力を意識してみると、なんの抵抗もなく身体に力が満ちるのがわかった。このまま使えば、獣人の世界にいる時と遜色のないレベルで力が発現するだろう。そう確信できた。

本来ならばありえないその出来事に、隼斗の脳裏にたった一つの可能性が過《よぎ》り——そしてそれは、つい先ほど、証明されてしまった。

(まさか、こんなところで見つかるとは……)

獣人には、生涯でただ一人『番《つがい》』となる相手が見つかる場合がある。とはいえそれは、絶対に存在するものでも、見つかるものでもない。割合から言えば、半々といったところだろう。けれど見つかった場合、『番』は互いに大きな影響を与え合う存在となる。

この世で、全てにおいて最も相性が良い相手、と言えばいいだろうか。

もちろん『番』だから一緒にいなければならない、というものでもない。『番』よりも大切な存在がいれば、その者と一緒にいる選択をする者もいる。

だが大多数の獣人は、『番』が見つかった場合、相手とともにいることを望む。まるで獣人の本能に、『番』に惹《ひ》かれるなにかが刻まれているかのように。

そして恐らく、今、目の前で昏々《こんこん》と眠っているこの男——柊也こそが、自分の『番』なのだろう。とはいえ、ここまできても『恐らく』とつけたくなるのは、柊也が人間だからだ。

『番』は獣人同士でこそ成り立つものだと思っていた。だから余計に、食事をした時の感覚だけでは、判断ができなかったのだ。

（それにあれは、他のやつらも感じてたみたいだし）

柊也は知る由もないが、この店に通っている常連達の何割かは獣人だ。隼斗がスタッフとして働いている『青柳サービス』自体が、そもそもは獣人に関するトラブルなどに対応するために設立された事務所なのだ。今日、この店のことで事務所に依頼をしてきた顧客――鳥海も、獣人の一人だった。

皆が口を揃えて『面白い』と言っていたのは、柊也の料理が獣人に与える影響のことなのだろう。とはいえ、柊也をここに運んだ後、鳥海に連絡しそれとなく確認してみたが、自分が感じたものほど顕著なものではなかったようだ。食べると、常時抑えつけられている感覚がほんの少し楽になる。その程度のものだったらしい。

柊也が『番』だと確信したのは、グラスを割った時だ。

グラスを受け取ろうとした柊也の指が隼斗に触れた時、ほんの一瞬、強制的に獣人の力が活性化したのがわかった。不意を突かれたそれに、力の制御を誤り、思わずグラスを割ってしまったのだ。

そして柊也は、隼斗の血の匂いに酔ったかのような反応を見せ、その血を口にした。

直後、柊也の身体から溢《あふ》れ出したのは、間違いなく獣人の力だった。

密封していた蓋が外れ、抑え込んでいたものが急激に溢れ出し——それを制御することができず、暴走した。そんな様子だった。

この蓋を外したのが、ほかならぬ隼斗の血だったのだろう。

獣人の力の中には、五感を司るものも含まれる。本来、獣人の五感は人間のそれよりも相当に鋭い。種族によって差はあれど、獣人は、生まれた時からそれらを制御する術《すべ》を心得ている。

だが柊也は、それらに対して無防備だった。五感がコントロールできず、感じるものを全てそのまま受け取っていれば、オーバーフローを起こすのは当然のことだ。

咄嗟にとった手段は、『番』ならば有効であろう、応急処置的な方法。

『番』は、互いの体液を交換することで、最も効率的に互いの力に影響を与え合う。

(っていうと、生々しいが……)

要するに、キスをして無理矢理に柊也の力を抑え込んだのだ。

「まあ、人工呼吸みたいなものだろ……」

実際にそれで柊也の力が安定したのだし、なにより、直に触れた感覚で間違いないと悟った。

この男は、自分の『番』だ。

だが、どんな理由からか、明らかに獣人の自覚のなさそうな柊也がそれを理解するとは思えず、また、自分も突然現れた『番』に戸惑いを隠せないでいる。

そもそも柊也が目を覚ました時、どんな反応を見せるか。そして、なにをどう説明すればいいのか。

それを考えただけで頭が痛くなり、隼斗は深々と溜息をつくのだった。


窓の外が暗くなり始めた頃。部屋の電気をつけカーテンを閉めると、ん、とかすかな声が耳に届く。見れば、柊也が眉を顰《ひそ》めており、目覚めそうな気配に座り直した。

「……、ん……」

瞼を開き、しばらくぼんやりと天井を見ていた柊也は、数秒後、はっとしたように目を見開き、勢いよく上半身を起こした。だが目が回ったのか、ふらついた身体を横から手を出して支える。

「あーっと……。大丈夫、ですか？」

「大丈夫……、っていうか、一体何が……」

目を閉じ、額を押さえていた柊也が、再びゆっくりと瞼を開く。そうしてこちらに視線を向けた直後、ぴたりと動きを止めた。

「……——、え？」

「……──」

驚いた表情で硬直した柊也の視線は、隼斗の顔より少し上にあった。そのことに、予想していた可能性のうちの一つが脳裏を過り、うっすらと眉を顰める。

「あー……、えーっと」

だが、なにをどう話せばいいのか躊躇っているうちに、驚愕《きょうがく》といった柊也の表情が徐々に困惑のそれに変わっていった。

「……耳？」

茫然とした呟きに、やっぱりか、と内心で溜息をつく。

この反応であれば、恐らく、先ほど自分に起こったことがなんだったのか全く理解していないだろう。

「とりあえず、なにが見えてますかね」

「茶色の……、耳、と、……尻尾？」

ぎこちなく顔を下に向けた柊也が、隼斗の背後辺りに視線をやり、眉を顰めた。

「……そんなの、つけてたっけ？」

「いやまあ、つけてたっていうか、ついてるっていうか……」

問題はそこなのだろうか。心の中で突っ込みながら、そっと溜息をついた。

今、柊也の目には、隼斗の頭に茶色の耳、そして背後に同色の尻尾が見えているのだろう。

それは通常この世界の人間には見えないはずの、獣人の身体的特徴だ。

隼斗の場合、本来は銀色なのだが、幾つか力を封じるための装具を身につけており、それをつけている間は擬態時の姿に合わせて耳や尾の色も変わってしまう。

だが、今はそれより、と続ける。

「なにがあったか、覚えてますか？」

その言葉に、はっとしたように目を見開いた柊也が、慌てて首を巡らせ、端に寄せた丸テーブルの上に置かれた時計を確認した。

「店！」

そう言って立ち上がろうとしたが、やはり目が回ったのか、前に倒れ込みそうになる。それを抱き留めるようにして支えると、落ち着いてください、と言いながら再び座らせた。

「勝手ですが、店は閉めて入口に臨時休業の貼り紙をしておきました。どちらにせよ、体調的に、今日の営業は無理だと思います」

「あー……いや、うん。そうだよな。ありがとう」

そう言って俯《うつむ》き、深い溜息をついた柊也が、混乱を収めるようにもう一度深呼吸をして顔を上げた。

「えっと、俺、倒れたん……だよね？　で、ずっとついててくれた？」

「はい。すみませんが、勝手に入らせてもらいました」

「いや、それは。むしろ迷惑をかけたようで申し訳ない。ありがとう」

畳の上で姿勢を正した柊也が、隼斗に向かって頭を下げる。そんな柊也に、隼斗は、そっと声をかけた。

「どうして倒れたかは……？」

どの程度、柊也が自覚しているのか。そう思っての問いに、柊也は、困惑した表情とともにかぶりを振った。

「正直、全くわからない。あの時、物凄い音と……匂いが……」

同時に、倒れた時の衝撃を思い出したのか、うっと柊也が掌で口元を押さえる。宥《なだ》めるように強張った肩口を撫《な》でると、徐々に身体から力が抜けていった。

「君は、なにか知っているのか？　というか、その格好……」

「結論から言えば、知っています――というか、わかります。ですが、説明できるのは俺が知っている範囲のことだけなので、全てではありません」

回りくどい言い方に、柊也がわかったようなわからないような顔で首を傾げる。

「それから。説明しても、理解して納得できるかは別の話だ、ということだけは先に言っておきます。多分、あなたにとっては、随分とふざけた話に聞こえるでしょうから」

そう言った隼斗の顔を、柊也が思案するように黒い瞳でじっと見つめる。こちらの居心地が悪くなってしまうほどの真っ直ぐな視線を、だが正面から受け止めると、数秒後「よし」

と気を取り直したような声が響いた。

「じゃあ、とりあえずお茶でも淹れようか」


数分後、和室の中央に戻した丸テーブルを挟み、向かい合うようにして座った隼斗と柊也は、温かなお茶の入った湯呑みを手にすると喉を潤した。

「はあ……」

やっと人心地ついたような溜息を零した柊也が、じゃあ、と隼斗へ声をかけた。

「とりあえず、その格好から説明してもらっていいかな。その耳と尻尾……、ええっと、なにかのコスプレとか……」

「違います」

即答した隼斗に、あはは、と柊也が苦笑する。

「そうだよな。じゃあ……」

「これは、身体の一部です。作り物でもありませんし、取れもしません」

そう言って、尻尾を動かしてみせる。その動きに合わせるように、柊也の視線が動いた。

「身体の、一部……」

「どう話しても信じがたいとは思いますが。……見てもらった方が早いでしょうね」

呟き、右耳の緑色の石がついたピアスを二つとも外す。そうして目を伏せると、ふっと息を吐き、身体の力を抜いて擬態を解いた。

「……っ！」

その瞬間、息を呑む音が伝わってくる。視線を上げて目の前に座る柊也を見ると、限界まで目を見開いて硬直していた。

「……姿、が、変わった？　え？　髪と、瞳の色が……」

茫然とした言葉に、やはりこちらも見えるのかと内心で呟く。実のところ、柊也がどこまで見ることができるのかを試す意図もあったのだ。

今の隼斗の姿は、銀色の髪と赤い瞳、そして銀色の耳と尾を持つ——銀狼の獣人としての本来の姿だ。なんの力も持たない普通の人間の目には、この姿になったとしても、擬態時の姿と同じように映るだけだ。

「これが、本来の俺の姿です。……ひとまず説明しますので、聞いて下さい」

「あ、はい……」

淡々と言った隼斗に、柊也が座り直して背筋を伸ばす。困惑と動揺は大きいものの、現実を拒絶するほどの頑《かたく》なさは今のところ感じられず、それだけは少し安堵《あんど》する。

（とはいえ、話を聞いて受け入れられるかは別だが……）

そう思いながら、右耳にピアスを嵌めると、擬態時の姿に戻る。あ、という柊也の声が、ほんの少し残念そうに聞こえたのは気のせいだろうか。

　茶色になった耳や尻尾も見えないようにすることは可能だったが、あえてそのままにしてゆっくりとした口調で話し始める。

「まず、俺は正確には人間ではありません。獣人、と呼ばれる存在です」

「……じゅう、じん？」

　獣に、人と書きます。そう告げれば、再び隼斗の姿に視線をやったあと、ぼんやりとした様子で頷いた。とりあえず、漢字は理解した、ということだろう。

　そうして、獣人の存在について話していくと、柊也の表情はなんとも言えないものに変わっていった。

「店の常連さん達の中にも……」

「獣人自体は、この世界では人間とほとんど変わりませんよ。今まで、見分けがついたこともなかったでしょう」

　そう言った隼斗に、柊也はこくりと頷く。

「じゃあ、でも、なんで急に」

「直接の原因は、俺です。だけど、根本的な原因は、藤野さん自身にあります」

「俺自身？」

「恐らく、あなたも獣人……もしくは、その血を引いています」

「俺が、獣人？　いや、でも俺はここで生まれ育った普通の人間……」

「なら、ご両親が——いえ、今まで力が発現していなかったことを考えれば、どちらかが獣人である可能性が高いです。だけど、俺の血に触れたことが引き金になって、本来なら眠ったままだったはずの力が、発現した」

「両親の、どちらかが？」

「確認してみることは？」

そう問うと、いや、と柊也が苦笑した。

「二人とも他界しているから、聞きようがないな」

「……すみません」

知らなかったとはいえ不躾《ぶしつけ》だったと頭を下げると、いやいやと慌てたように柊也が声を上げた。

「別に、謝るようなことじゃない。けど……うーん、参ったな。確認できないと困ることとかあるかな？」

「いえ。わかった方が対策が立てやすいので、手がかりは探してもらった方がいいかもしれませんが。藤野さんに獣人の力があることははっきりしているので、絶対に困るというわけじゃありません」

「了解」

あっさりと頷いた柊也に、信じているのかいないのか、判断に迷いながら首を傾げる。

「……あまり、驚かないんですね」

「いや、十分驚いてるけど。今はまだ、どっちかというと現実味がない、って言った方が正しいかな。信じられない気持ちも、少しある」

率直な言葉に、確かにそうだろうと苦笑すると、じっとこちらを見ていた柊也が続けた。

「一つ、お願いがあるんだけど」

「なんでしょう」

「その……耳とか尻尾に、少しだけ触らせてもらってもいいかな」

「ああ、本物か確かめてみますか？」

言いながら頭を少し前に倒すと、「いいの？」と驚いたような声がする。

「減るようなものでもないので」

そう言うと、向かい側で立ち上がった柊也が、隣に移動してくる。その場に座ると、手を伸ばしてそっと耳に触れてきた。

「……ふわふわ。あったかい」

恐る恐るといった手つきで耳の先に触れていた柊也の指が、ゆっくりと根元辺りに下りてくる。そうして、改めて驚いたように「くっついてる……」と呟いた。

「本物だ」

感嘆したような柊也の視線が、隼斗の背後でゆったりと動いている尻尾へ向かう。うずうずとした気配が伝わってくる瞳に、どうぞ、と声をかけるとそっと尻尾に触れてきた。

「うわー、柔らかい。もふもふだ」

何度かそっと撫でるように毛並みを梳《す》き、柊也が嬉《うれ》しそうな声を上げ頬を緩める。その表情が思いのほかあどけなく、どきりとしてしまう。

やがて尻尾から手を離し、少しの間考え込んでいた柊也が、隼斗の顔へ視線を移す。そして、わかった、と頷いた。

「ありがとう。うん、ひとまず君の言うことは信じるよ」

予想以上にきっぱりとした口調で言い、だが、次の瞬間「あれ？」と自分の頭に手をやった。

「俺にも獣人の力があるってことは、なにか生えてきたりするってこと？」

「どうでしょう。力が発現した時点でなにも出なかったので、姿に変化が現れない可能性もあります」

そもそも、この世界で人間と獣人の間に子供が生まれた場合、子供に力は引き継がれないと言われているのだ。そういう意味では、料理の件を含めて柊也は異例づくしと言えた。

「そっか」

さすがに姿が変わるとなると心構えも違うのか、ほっとしたように息をつく。そんな柊也

に、隼斗はここからが本題だと内心で呟き、言葉を選びながら声をかけた。

「すみません。一つ、謝らないといけないことがあります」

「ん？」

隣に座ったまま隼斗を見上げ不思議そうに首を傾げた柊也に、どきりとする。年上の男だとわかっているが、無防備な表情が妙に可愛《かわい》く見えてしまうのだ。綺麗な顔立ちをしているため、余計にギャップがあるのかもしれない。

そんなふうに思ってしまった罪悪感から、目を伏せわずかに視線を逸らして続けた。

「さっき、倒れた時のことなんですが……」

「うん」

「急に力が発現して、コントロールできないまま暴走しかけていたので。力を安定させるために……、その、キスを……」

「……――」

必要なことだったとはいえ、自分の意識がはっきりしない時にそんなことをされていたと知ったら、さすがに怒るだろう。そう思いながら告げると、一瞬押し黙った柊也が、ええと、と逡巡《しゅんじゅん》するように呟く。落ち着かなげに身動《みじろ》ぎした柊也の頬が、わずかに赤らんでいるような気がするのは、気のせいだろうか。

「よくわからないけど、倒れる前、音とか匂いが凄かったのを……治してくれた、ってことかな」

「治した、というより、俺の力を取り込んでもらうことで、藤野さんの力を一時的に安定させた、という方が正しいです。そのために、一番確実で早い方法をとらせてもらいました」

ただし、その方法が使えるのは『番』が相手の時だけなのだが。

それを告げることはできず、隼斗は言葉を飲み込んだ。『番』とはなにか、と聞かれて、獣人としての知識も本能もない相手にきちんと説明できる自信がなかった。

そんな隼斗の説明に、柊也は少し視線を彷徨《さまよ》わせた後、幾分気まずげに指先で頬を掻《か》きながら苦笑する。

「なら、謝るのはむしろ俺の方じゃないかな。人工呼吸的なものとはいえ、会ったばっかりの男相手にそんなことさせて」

ごめん、と頭を下げた柊也に、いえ、と隼斗は慌てて頭を上げさせた。

「もう一つ。さっきのは、あくまで一時的なものでしかありません。それで、明日一緒に行って欲しいところがあります」

「行って欲しいところ？」

「はい。今のままだと、多分、保《も》って一日か二日です。早めに対策しておかないと、また同じことになります」

「今落ち着いているのは、治ったわけじゃないんだ？」

そっと自身の胸元に掌を当てた柊也に、はい、と頷く。

「最終的に、藤野さん自身で力をコントロールできるようにならないと、これからの生活にも支障が出ると思います」

「そっか……」

「行って欲しいのは、獣人達のまとめ役というか、相談役、みたいな人のところです。ここ――人の世界での獣人達の力の制御についても詳しい人なので、一度会っておけば、これからなにかあった時に相談できるので」

「そっか。うん、わかった」

疑う様子もなく素直に頷く柊也に、逆に隼斗の方が心配になってしまう。

「……言っておいてなんなんですが、大丈夫ですか？」

「え？　なにが？」

きょとんとした柊也のあまりの危機感のなさに、眉間《みけん》に皺《しわ》を刻む。

「大概、不審な話だと思うんですが。そんなにあっさり俺の言うこと信じて大丈夫ですか？」

もし、自分が柊也を騙《だま》そうとしていたらどうするのか。そんな隼斗の言葉に、じわりと目を見開いた柊也が、次の瞬間、あははは と全力で笑い始める。

「ご、ごめん。うん、なんか今ので大丈夫かなって気がしたから、大丈夫……、くくっ」

ごめん、と繰り返しながら笑い続けていた柊也が、ようやく笑いが落ち着いて来た頃に、目尻《めじり》に浮かんだ涙を指の背で拭いながら告げた。

「会ったばっかりだけど、少なくとも今の俺は斎槻君のことを真面目で親切な人だと思ってるし、ぶっちゃけ、こんな寂れた定食屋の店長騙しても君にメリットなんかないだろう？」

「……――」

押し黙った隼斗に、苦笑しながら柊也が続ける。

「幾ら事情が特殊だとはいえ、俺が倒れた時点で適当に帰ってもよかったのに、こうして目を覚ますまで付き合ってくれた上に、店のことまで考えてくれて、ちゃんと説明もしてくれてる。それだけでも、信じて良いかなって思うには十分だと思うけど」

それとも、信じたら困ることでもあるのかな。そう言った柊也に、いえ、と溜息をついた。

「……まあ、獣人関連でトラブルになりそうなことを放っておいたら、それこそどやされるので」

真っ直ぐな言葉に、なんとなく居心地が悪くなり視線を逸らす。すると、柊也の優しい声が耳に届いた。

「偶然とはいえ、居合わせてくれたのが斎槻君でよかった。ありがとう」

その声に、胸の奥――見えない場所が疼《うず》き、指先がじんと痺れた気がした。

◇◇◇

「いらっしゃ――ああ、隼斗君。お疲れ様」

ガラリと店の入口が開いた音に視線をやると、見慣れた青年――斎槻隼斗の姿があり、柊也は目を細めて声をかけた。

「……ちわ」

軽く頭を下げた隼斗が、慣れた様子で店の奥を回って厨房へ入ってくる。厨房の入口に置いてある腰巻き《こしま》エプロンをつけると、黙々と洗い物を始めた。

夕方からの営業時間、閉店間際に店を訪れるのが、ここのところの隼斗の日課になっている。さすがに毎日来てもらうのは申し訳ないと言ったのだが、夕食を作る手間が省けてありがたいと言われれば、それ以上強くは断れなかった。

そうして、ただ待っているのも手持ち無沙汰《ぶさた》だからと、柊也が遠慮するのを綺麗に退け店の片付けを手伝ってくれるようになったのだ。

（実際、助かってるし……）

注文を受けている煮込みハンバーグを作りながら、柊也は内心で苦笑する。

あの日――柊也が獣人という存在を知った日から、二週間ほどが経っていた。

隼斗は、便利屋のスタッフではあるが、同時に現役大学生の二十二歳で、自分よりも随分年下だということも、あれからすぐに知った。

最初に見た時、ラフな格好から学生っぽいとは確かに思ったが、その後の仕事ぶりや柊也が倒れた後の対応、落ち着いた様子などから、もう少し年上だと思っていたのだ。

『七歳下かあ』

『え⁉』

しみじみとそう言った柊也に、隼斗もまた一番驚いた様子を見せた。どうやら、柊也のことを年上だとは認識していたようだが、もう少し若いと思っていたらしい。

「隼斗も、ここでのバイト姿が板についたねえ」

笑いながらそう言ったのは、『青柳サービス』を柊也に紹介してくれた常連客――鳥海だ。

「色々と手伝ってもらって、とても助かっています」

「うーん。店長が助かってるなら、紹介してよかったのかな？」

なんとなく疑問形で言われた気がするが、気のせいだろうか。そう思いながら、柊也は火に掛けていた煮込みハンバーグを煮込み用の器ごと定食用のトレイに載せ、差し出した。

「本当に、ありがとうございます」

にこりと笑いながら言うと、鳥海は楽しげに笑いトレイを受け取った。

「お礼は、この間、定食ごちそうしてもらったので十分。店長も頑張って」

「はい」

常連客の一部が獣人だと目の当たりにしたのは、あの翌々日、店を開けてすぐのことだ。

今まで見えなかった獣人の特徴が、はっきりと見えるようになっていたのだ。

特徴は、個人や種族によって目立つもの目立たないもの様々で、隼斗から聞いていたとはいえさすがに最初は驚いた。だが、幸いというか料理を作り始めるとそこまで気にしている余裕もなくなり、三十分経った頃には、ああこの人も獣人だったのかと思える程度にまでは慣れていた。

ちなみに、店を訪れる常連客達が柊也の変化に気がついているかどうかはわからないが、少なくとも鳥海には気づかれていた。

『隠してたら申し訳ないけど、やっぱり、店長も獣人だったんだ』

他の客がいなくなったタイミングでそう言われ驚いていると、鳥海は『ここの定食を食べた時から、なんとなくそんな気がしてたんだ』と笑った。

鳥海には、他の獣人達とは違って身体的特徴が見当たらなかったため、てっきり人間だと思っていたのだ。そう告げると、鳥海は苦笑交じりに答えを教えてくれた。

『外見に特徴が出るかどうかは人それぞれなんだよ。私は、元々あまり出ていなくてね。それに一応、獣人相手でも見えないように隠しているから』

力に慣れたら、気配でわかるようになるよ。そう言われ、自分の力を一切コントロールできない柊也は頑張りますと苦笑するしかなかった。

だが一方で、自分が『青柳サービス』を紹介したことでなにかあったのでは、と心配してくれた鳥海に、それはないとかぶりを振った。自分の力が発現したきっかけはぼんやりとしていてよく覚えていないが、あの時、隼斗がいてくれて助かったのは本当なのだ。

そんな隼斗は、現在、『青柳サービス』での仕事という名目で柊也が力のコントロールを覚えるまでサポートのために来てくれることになっていた。

それら全ての采配は、あの翌日、隼斗に連れられて行った『青柳サービス』の事務所で紹介された、獣人達の相談役——清宮灯《きよみやあかり》によってもたらされたものだ。

『初めまして、藤野さん』

にこりと笑ったその男性は、静謐《せいひつ》な湖のような——穏やかさと美しさを体現したような人、だった。色素の薄い髪や瞳、華奢《きゃしゃ》な体軀、そして白い肌《はだ》が、柔和な印象を強めており、どこか人間離れした雰囲気に圧倒されてしまった。

清宮は、『青柳サービス』のオーナーでもあるという。実質的な経営者は別だそうだが、獣人関連でトラブルがあった際は報告を受け、必要に応じて対処しているという。

そこで説明されたのは、獣人という存在が住む世界のこと。そこから色々な事情を抱えてこの世界へと移ってきた獣人達のことだった。

あらかじめ隼斗の姿を見せてもらい話を聞いていたため、獣人達に関する話で戸惑うことはなかった。ただ、柊也の手を取りしばらくなにかを考え込むようにしていた清宮が続けた言葉には、困惑してしまった。

『純粋な獣人の気配とも違う……。ご両親のどちらかが、しかも随分特殊な力を持っていたようです』

『え?』

『この世界に来た獣人と人との間に子供が生まれる例が、ないわけではありません。こちらで新しい家族を作り、ここで生きていくことを選ぶ獣人も多くいます。ですが、そもそもの成り立ちが違うせいか、子供に獣人の力が引き継がれることはまずありません』

そういう意味で、柊也は異例なのだと教えられた。

『唯一考えられるのは、親御《おやご》さんの力が獣人としても特殊だったから――じゃないかと』

『特殊?』

首を傾げた柊也に、清宮は柔らかく笑ってみせた。

『獣人達は、それぞれの種族や属性に応じた特徴を持ち、また五感も発達しています。そしてその他に、各々、なにかしらに特化した力を持っている場合があります。例えば、そこにいる隼斗は脚力や握力など人間離れした身体的能力を有しています』

尤《もっと》も、それは幾らかの例外を除き、この世界ではほとんど使えない状態になるため、人間より多少優れている程度のものではあるが。

『そんな獣人達の中でも、ほんの一握り――特殊な力を持った獣人がいる。過去や未来を垣間見たり、他人の力に干渉することができる――そんな力を持った獣人を、私達は「覡《かんなぎ》」と呼びます』

そういった力を持つ者は滅多に現れないため、獣人の世界でも貴重な存在とされているらしい。

『あなたから感じる力の気配は、私が知る「覡」のものとよく似ています』

どうやら、清宮にはその『覡』と呼ばれる獣人に知り合いがいるらしい。そんな彼すら『覡』がこの世界に来ているという話は聞いたことがなく、まして柊也の母親がそういった存在なのかはわからないと言った。

『隼斗から聞いた話から推測すると、あなたの力は、他の獣人達の力に影響を与えるもののようです』

『他の獣人に？　影響って、どんな……』

戸惑う柊也に、清宮が柊也の隣に座る隼斗へと視線を移した。

『獣人の力を活性化させ——そして、安定させる』

『えっと……。その、獣人の力っていうのを、増幅？　させる、みたいな感じ？』

柊也もまた隼斗の方を見ながら問うと、隼斗が考えながら『いや』と答える。

『どちらかといえば、本来の在り方に戻す、といった方が近い』

『本来の、在り方……？』

『俺達の力は、この世界では、上手《うま》く発揮することができない。五感も、ほとんどが封じられるから、この世界の人間より多少鋭い、くらいのものになる』

その『封じられる』という感覚は、喩えれば、常に身体に重しがついているようなものだと教えられた。普段の生活では意識しないでいられるようになるが、いざ、獣人として自分の力を使おうとするとその重しが邪魔をするのだという。

『とはいえ、その「重し」は、その獣人の力に比例するところもあってね。普通の獣人はそこまで大きな力を持っているわけじゃないから、この世界に来ても感覚が鈍るくらいでほとんど影響はない』

隼斗の説明に補足するように続けた清宮が、だけど、と苦笑とともに隼斗を見遣《みや》った。

『この子みたいに、他より強い力を持っていると、この世界がもたらす「重し」も大きくなる。さらに、それすら吹き飛ばしてしまう可能性があれば、別に「封じ」が必要になるんだ』

『はあ……』

いまいち説明が飲み込めずに首を傾げた柊也に、清宮が隼斗の方を指差す。

『その子がしているピアスと腕輪は、全部、獣人の力を封じるためのものだよ。ああ、足首にもあったっけ』

『え⁉』

思わずまじまじと隼斗を見ると、確かに前日会った時と同じ、右耳に二つ、左耳に一つピアスを、それに銀色の細い腕輪をしていた。

『力が強すぎて、けれどこの世界では、獣人の世界でのように力を上手く制御することができない。そうすると、力が暴走するだけじゃなく、その力によって自身の身体が壊されてしまう。だから、強制的に力を封じる必要がある』

そして、と隼斗を指差していた手を下ろした清宮が、柊也に向かってにこりと微笑みかけた。

『今のあなたもその状態です。藤野さん。今は、隼斗の力で無理矢理に安定させていますが、保って今日まででしょう。なので、普段の生活に支障が出ないよう封じておく必要があります。だからこそ、隼斗はあなたをここに連れてきたんです』

『封じてもらったら、大丈夫なんですか？』

今までと同じように生活できるのだろうか。そう思いながらの問いへの答えは、だが、あっさりとはいかないものだった。

『とりあえずは、といったところですね。万が一のことを考えれば、せめて五感の制御だけはできるようになっておいた方が良い。あちらの世界にいた獣人の場合は自然と制限がかかりますが、まあ……あなたの場合、例外的にその制限がかからないのでしょう』

なんとなく、清宮が言葉を濁した様子が引っかかったが、それよりも先に気になることがあり柊也は身を乗り出すようにして尋ねた。

『その、制御？　ですか？　それはどうやれば……』

『こればかりは練習あるのみです。そのための教師として、しばらく隼斗をつけましょう』

『え？』

『……──』

話が通っていたのか、驚いて隼斗を見た柊也を、彼は落ち着いた様子で見つめ返した。

『今回は、隼斗が適任ですしね。まだ若いですが、しっかりしていますから安心してください。なにかあれば、私に連絡してくだされば責任を持って対応致します』

『はあ……。ええと。じゃあ、斎槻君に制御？　のやり方を教えてもらえばいいってことですか？』

首を傾げた柊也に、そうですね、と清宮が優しく目を細める。そして、隼斗の方に視線を移した。

『ということで、隼斗。明日からしばらく、藤野さんの都合に合わせて店に通うように。いいね？』

『はい』

二人の間で当然のように交わされる会話に、また驚いたのは柊也の方だ。教えてもらうというのだから、柊也が隼斗のところに習いに行くのだと思ったのに。

『いや、さすがにそれは申し訳ないです。店を閉めた後とか、休みの日なら俺が行くこともできますし』

倒れた時の感覚を思い出し、もし店を開けるのに支障があるのならば、少しの間休みにすることもやむなしと考えていたのだ。

だが、当の隼斗から問題ありませんよ、と声がかけられた。

『どのみち、店を開けている時間帯は俺も大学がありますし、店を閉めた後に藤野さんが移動するより、俺が動いた方が早いですから』

『そうそう。それに、これも仕事の一環として、きちんと隼斗には報酬が出ますからお気になさらず』

あっさりと言った清宮に、それはもちろん、と柊也が頷く。

『教えていただくんですから、きちんと料金はお支払いします。ええと……、ただ、場合によっては分割にさせていただけるとありがたいんですが』

なにかあった時のためにと、細々ではあるが貯金はしている。だが、いかんせんうらぶれた定食屋の稼ぎだ。常時黒字経営とは言い難く、大きな出費はできれば計画的に行いたい。

そんな気持ちで告げると、隼斗と清宮が同時に口を閉ざして柊也を見つめた。一気に二人分の視線が自分に向きたじろぐと、数秒間落ちた沈黙の後、不意に清宮が堪えきれないように笑い始めた。

『あははは！　藤野さんって、本当にいい人ですねぇ』

美形が大口を開けて笑う姿にびっくりして目を見開いていると、隣に座った隼斗が口元を押さえてわざとらしく数回籠もった咳《せき》をする。

『灯さん……、笑いすぎ』

『ああ、ごめんごめん』

静かに窘《たしな》めた隼斗に、清宮が目尻に浮かべた涙を指の背で拭いながら笑いを収める。真正面から大笑いされ、馬鹿にされたともとれるが、なんとなく好意的な雰囲気に、怒る気にはなれなかった。

『今回、少なくとも藤野さんの力の制御については、私の立場的に放置できるものではないので、お代はいりません』

『いや、でもそれは……』

『どうしても気になる、というようでしたら、隼斗に夕飯でも食べさせてやってください。こう見えて勤労学生な上に、人の面倒を見て財布を空にすることが多いので』

『ちょ、余計なことは……っ！』

くすくすと笑いながら言う清宮に、隼斗が眉を顰めて声を挟もうとする。だが、右手を上げてそれを制した清宮が、不意に笑みを消して柊也を見つめた。どこまでも見透かされそうなその瞳に、一瞬たじろぎつつも、目を逸らさないよう視線を受け止める。

数秒がいやに長く感じられ、息苦しくなってきた頃、ふっと清宮が気配を緩めた。そうして、優しく目を細めると頷いた。

『……うん。藤野さんなら、大丈夫かな』

『……――？』

大丈夫、とはどういうことだろう。首を傾げた柊也に、清宮はだがそれを説明することはなく、さらりと話を変えた。

『力の制御は、それなりに精神力を使います。最初のうちは、毎日――難しければ週に三、四日程度で、少しずつやっていく方が望ましいです。大丈夫ですか？』

『はい。斎槻君の負担にならない程度でお願いします』

そうでなくとも、柊也の店まで通わせてしまうのだ。そう告げると、大丈夫ですよと清宮が笑った。

『基本的に、隼斗は体力おばけなので。のんびりしてる方が落ち着かないって、大体、なにかしらやってますからね。気にしなくていいですよ。ね、隼斗』

『はあ……』

溜息交じりの隼斗の返事に、本当にいいのだろうかと隣を見遣る。だが、それに返されたのは苦笑交じりの肯定だった。

『この人の言い方は大袈裟《おおげさ》ですが、いつも、大学が終わったら事務所の仕事で出歩いてるのは本当です。むしろ、仕事内容的には楽になるくらいですから、気にしないでください』

『ならいいけど……』

そうして、定休日以外は、隼斗が店に通うことになったのだ。ちなみに定休日を外したのは、きちんと休む日も作った方がいいという隼斗の助言によるものだった。

「店長、ごちそうさま」

「はい。ありがとうございました」

閉店時間となり、最後の客が会計を済ませて出て行くと、柊也は店の入口扉にかけてある営業中の札を外し、メニューを書いた黒板を片付ける。そうして鍵を閉めると、厨房へ戻り洗い物を済ませた隼斗に声をかけた。

「ごめん、隼斗君。今、夕飯準備するから座って待ってて」

「なら、掃除やっておきます」

そう言って、流しの横に置いてある棚から掃除道具を取り出し、てきぱきと客席の片付けと床掃除を始めた隼斗に、別に準備しておいた二人分の夕食の材料を冷蔵庫から取り出しながら溜息をつく。

「やっぱり、バイト代もらってくれないかなあ」

「夕飯ごちそうになってる分だって言ってるのに。柊也さん、ほんといい人だね」

苦笑とともに返ってきた言葉は、最初の頃よりも幾分堅苦しさが抜けている。自分の方が教えてもらう立場なのだから敬語はいらないと言ったところ、なら、と返ってきたのは思わぬ提案だった。

『柊也さん、と呼んでもいいですか？　俺のことも、名前で構いません』

もちろん、と言ったそれに、隼斗はどこか嬉しそうな笑みを浮かべた。

「いい人って……、清宮さんも言ってたけど、手を貸してもらったら礼をする――対価を払うのは普通だろう？」

眉を顰めた柊也に、隼斗は苦笑したまま続ける。

「柊也さんの力に関しては、こっちの都合の方が大きいんです。店の手伝いについては、現物支給してもらってるし」

「って、夕飯は、自分の分のついでに作ってるだけだよ」

「それ以外にも、たまにお弁当とかもらってるだろ。柊也さんは、やってもらったことには敏感なのに、自分が人のためにやってることに無頓着なだけだって」

「うー……」

さらりと言い返され、それ以上言い募ることもできずに口を噤《つぐ》む。助けてもらっていることが多すぎて、きちんと感謝を形にして返したいのに、食事以外のものはこうしてさりげなく退けられてしまうのだ。

「それより、早くしないと時間がなくなりますよ」

「……わかった」

だが、結局それ以上の反論はできず、今日もまた柊也は唇を尖《とが》らせたまま夕食を作るのだった。

しゃらり、と軽い音とともに銀鎖に通された指輪を首から外し、右手に取る。

柊也の右手の薬指にちょうど合うサイズの、内側に細かな文字が刻まれた銀色のそれは、二週間前、柊也の力を封じるためにと清宮から渡されたものだった。

これを、肌身離さずつけておくように。そう言われ、だが、柊也は受け取った指輪を複雑な面持ちで見つめた。

休日ならばともかく、料理をする時に指輪をつけておくことはできない。肌身離さずつけておかなければならないのなら、店を開くことは難しい。考え込んだ柊也の隣で、隼斗が清宮に躊躇いがちに声をかけた。

『灯さん、これ……』

『藤野さんには、それが一番よさそうだからね。ああ、肌身離さず、というのは別に指じゃなくても構いませんよ。鎖を通して首からかけておけば問題ありません。ただし、隼斗が言った時以外は絶対に外さないように』

その言葉にほっとしつつ、柊也は清宮の助言通り銀鎖を通しネックレスとしてつけておくことにしたのだ。

店の二階、狭い和室の中で向かい合って座る隼斗を見ると、こくりと頷きが返って来る。

二人で夕食を食べた後、翌日の仕込みと厨房や店の掃除を済ませてからこうして二階で訓練を始めるのが、ここのところ日課となっている。当初は、あまり隼斗を待たせるのも悪いと思い、訓練の後に仕込みや片付けをしようと思っていたのだが、絶対に無理だからやめた方がいいと言われたのだ。

実際、訓練の後は疲れ果ててしまい、仕事をする気力など微塵《みじん》も残っていなかった。

「始めましょうか」

促す隼斗の声に頷き、なにも持っていない左手を、掌を上に向けて差し出した。

その手の上に、そっと隼斗が手を重ねてくる。温かく大きな掌に軽く手を握られ、人の体温にほんの少しどきりとしつつ、差し出された逆の手――隼斗の左手に、握りこんだ指輪を落とした。

「……っ」

指輪が手から離れた瞬間、身体の奥からなにかが溢れ出るような感覚があり、思わず目を閉じ息を止める。

視覚、聴覚、嗅覚。それらが一気に拡がっていくのがわかる。気を緩めれば、最初の時のように全ての情報が流れ込んできてしまう。それを遮るように、また縋《すが》るように、隼斗の手を握る左手に力を込めた。

「大丈夫。落ち着いて、ゆっくり息をして」

静かな声に導かれるように、止めていた息をそっと吐く。そうして、隼斗の手の温かさに意識を集中しながら、瞼を開いた。

「大丈夫？」

「うん……、平気、みたいだ」

深呼吸をしながら、五感がいつもと変わらないことを確認する。

「じゃあ、離します」

声とともに、そろそろと身体から力を抜いていく。同時に、左手から隼斗の手の感触が離れていった。

呼吸を乱さぬよう、ゆっくりと息をしながら、そのままの状態を維持する。身体の中に流れる力を血液とともに全身に巡らせるイメージをすることに全神経を集中させた。

「大丈夫？」

そっとかけられた声に、頷く。そうして落ち着いてきた頃に、「大丈夫、かな」と小さく呟いた。そうして、伏せていた視線を上げて、目の前でこちらを見ている隼斗を見つめた。

「動けそう？」

「……うん、やってみる」

言いながら、ゆっくりと立ち上がってみる。合わせて隼斗も立ち上がり、柊也の様子を見ながら「よさそうだね」と目を細めた。

「じゃあ、下に行ってみようか」

「了解」

促され、障子を開き和室を出る。力を意識しながら他の動作をするのはなかなか難しく、動く度に力の制御ができなくなったり、階段を滑り落ちかけたりしていたが、一階に下りるところまではどうにかできるようになっていた。

ちなみに、当面の目標は力を制御しながら料理を作ることだ。

『柊也さんの力は、作った料理に影響が出ます。獣人が食べると、その獣人の力が活性化する。他の獣人に聞いてみましたが、やっぱり、ここで食事をすると身体が軽くなると言っていました』

『料理……』

『多少なら身体が軽くなる程度でも、今の——力が発現した状態の柊也さんの力を獣人が取り込みすぎると、取り込んだ相手の力が暴走してしまう可能性があります。ですから、料理に与える影響を最小限に抑えられるように訓練しておかないといけません』

『指輪をしていても?』

『脅すわけではありませんが、指輪の封じに頼りすぎても危険です。万が一、それがなくなった時のことも考えて対処しておく方がいい』

『……うん。まあ、それはそうか』

自分だけでなく、誰かに迷惑をかける可能性があるのなら、きちんと対応できるようにしておいた方がいいに決まっている。

一階に下りると、厨房へ入る。そうして、調理台に置いた人参を手に取ると、水で洗いピーラーを手にした。いつも使っている包丁でないのは、力が制御できなくなった時に危険を少なくするためだ。

「うん、随分慣れてきたかな。感覚は、大丈夫？」

「大丈夫、だと思う……。普通、かな」

慌てないように人参の皮をむいてしまうと、ほっと息をつく。普段の何倍もの時間がかかり、後どれだけやれば普通にできるのだろうかと目眩《めまい》がする。

「焦らず力の制御を身体に覚えさせれば、意識しなくてもできるようになるから大丈夫。繰り返しやるのが一番の早道だよ」

「そうだね。ありがとう」

柊也の憂いを感じ取ったのか、励ますように隼斗が声をかけてくる。それに笑みを浮かべて応えながら、今度はジャガイモを手に取った。

「よし、次は、……――っ！」

だが再びピーラーを手にしようとした瞬間、急に身体の中の力が膨らんだような感覚に襲われる。

「柊也さん！」

一瞬で力の制御を失い、視界がぐらりと回った。音、そして匂い。覚えのある強烈な感覚に襲われ、必死で目を閉じ息を止める。

「う、あ……っ」

温かな、しっかりとした腕に抱き留められ、緩やかに崩れ落ちる。その腕に縋りながら、襲ってくる感覚を拒絶しようとするが、叶《かな》わない。

「っくそ！　駄目か……っ！」

舌打ちの音とともに、顎《あご》に指が掛けられる。強張った身体を抱き寄せられ、強い力で上向かされると、唇を温かなもので塞がれた。

「ん……っ」

「柊也さん、口、開いて……」

唇を濡れた感触が掠《かす》めた瞬間、ほんのわずか衝撃が収まった気がした。それを見越したように、唇を塞いでいたものが離れ、隼斗の声が耳に届く。

「……ん、う……」

震える唇をそっと開くと、再び唇が柔らかなもので――先ほどまでよりもっと深く塞がれる。それが、隼斗の唇だと気づいた時には、口腔《こうこう》に温かな舌が差し入れられた。

「……、ふ……」

腰を抱かれたまま、舌を搦《から》め捕られる。その感触に、ぞくりと身体の芯が震え、無意識のまま隼斗の腕を摑む手に力を込めた。

「ん、……ふ、は」

与えられる口づけの感触に意識を奪われていると、ゆっくりと唇が離れていく。互いの唇の間に糸が引き、ぼんやりとしている間に温かな指に優しく唇を拭われた。

「……っ」

至近距離にある、ほんのわずか申し訳なさそうな表情をした隼斗の顔を認識した途端、がっと勢いよく頬が染まるのがわかる。

「う、あ、……ご、ごめん！」

「お、っと。まだ危ないから、動かないで」

慌てて離れようとするが、足に力が入らずふらつき腰に回った腕に支えられる。なすがまま大人《おとな》しく隼斗の腕に身体を預けたところで、先ほどまで襲ってきていた衝撃が消えていることに気づいた。

「ごめん。またやった……」

溜息とともに告げれば、頭上で苦笑する気配がする。

「こっちこそ、制御が間に合わなくてすみません。二階に行って休みましょう」

「うん、……て、え⁉」

ひょいと肩に担ぐように抱えられ、思わず声を上げる。暴れると落ちるよ、と声をかけられ咄嗟に隼斗の身体にしがみつく。

「いや、歩くし！」

「無理ですよ。足、あんまり力入ってないでしょう。絶対途中で転ぶ」

淡々と返され、ぐっと言葉を詰まらせる。確かに、転ばずとも歩くのに時間がかかるのは容易に想像ができた。

（最初の時よりはましだったけど……）

まだ、心構えができていたせいか、それとも多少なりとも力の制御が身についてきたせいか、最初に力が発現した時のような状態にはならずにすんだ。隼斗の対応が早かったというのも理由の一つだろう。

（う、そういえば……）

口づけられたことを思い出し、驚いたことで収まっていた頬の熱がじわじわと戻ってくる。あれに深い意味は一切ない。内心でそう言い聞かせるが、不快感もなく、逆に感触を反芻しそうになる自分に叫びたくなってしまった。

（いや、ちょっと待て！）

口元を掌で塞ぎ、どくどくと速まる鼓動をどうにか落ち着かせようとする。そうこうしているうちに和室に着き、丁寧な動作で畳の上に降ろされた。

「少し横に……、柊也さん、吐き気がしますか？」

口元を押さえているのを体調が悪いと思ったのだろう。隼斗が心配そうに覗き込んでくる。それに慌てて手を振り、大丈夫大丈夫、と繰り返した。

「ご、ごめん！　俺はちょっと休んで帰るから、今日はもう……」

「いえ。落ち着いたら家まで送ります。まだ、不安定だろうし」

言いながら、隼斗が持っていた指輪を通したネックレスを首にかけてくれる。しゃらりとかすかな音がし、胸元にある指輪を握ると、その冷たさにほっと息をついた。

「お茶を淹れてくるので、横になっていてください」

さらりと指先で髪を撫でられ、どきりとする。顔を上げると、すでに立ち上がった隼斗は和室を後にしていた。

「……あれは人助け、人助け」

抱えた膝に顔を埋《うず》めながら、小さく呟く。口づけに深い意味はなく、単純に柊也を助けるためにやったことだ。人工呼吸となんら変わりはない。

なのに、隼斗の体温を思い出すと、安堵すると同時に妙に落ち着かなくなってしまう。そんな自分に戸惑い、ひやりとした感触に縋るように指輪を握る手に力を込めた。

（忘れろ、忘れろ……）

そうして、どきどきと静まらない鼓動を持て余しながら、隼斗が戻ってくるまでの間、柊也は必死に念じ続けるのだった。

暗闇の中、街灯に照らされた道を歩きながら、どこからともなく届いた金木犀《きんもくせい》の香りに柊也は視線を巡らせた。秋の気配とともに漂ってくるその香りに懐かしさを覚えながら、俯いた口元にそっと微笑を浮かべる。

数年前、この道を父親と並んで歩いた。その時に、この香りについて話したことをふと思い出したのだ。

『母さんがなあ、この香りが大好きだったんだよ』

苦笑しながら言う父親は、どうにもこの香りが苦手だったらしい。だが香りの元を探そうと一生懸命見て回る母親に付き合って、探し回ったのだという。幸い、そう時間をかけずに見つけることができ、母親はしばらく嬉しそうに眺めていたそうだ。

そんなことを考えながら歩いていると、目的地に辿《たど》り着いたことに気づく。

店から歩いて十分ほどの場所にある、柊也の自宅。住宅街の中にある小さな公園の傍《そば》を通り過ぎた先、五階建てのマンションの前で足を止めた。築年数もそれなりに経った、あまり綺麗とは言い難いそこは、数年前まで父親とともに住んでいた場所だ。

しばらく店で休み自分で歩けるようになった柊也は、もう平気だからと遠慮しようとしたものの、危ないから送っていくという隼斗に押し切られてしまった。

「柊也さん、大丈夫？」

「大丈夫だよ。っていうか、ごめん。結局家まで付き合わせて」

隣を歩いていた隼斗の心配そうな声に、苦笑を浮かべる。ぼんやりと黙り込んでいたため体調が悪いと思わせてしまったようだ。

「いえ。俺が心配だっただけだから」

並んで歩く人の気配に、つい感傷に浸ってしまった。そんなことを思いながら、スマートフォンの時計を確認する。日付が変わろうかという時間に、今からでは駅に行っても終電に間に合わないだろうと隼斗を見上げた。

「タクシー呼ぶから、うちで待っててくれる？」

「いえ、構いません。俺が勝手にやったことですから」

慌てたように手を振る隼斗に、さすがに「はい、そうですか」とは頷けないと、背後に回り込んで背中を押した。

「はいはい。さすがに大人として、助けてくれた人をこんな時間に放り出すわけにはいかないからね。入った入った」

「って、あの……っ！」

ぐいぐいと背中を押し、エントランスを抜けてエレベーターに乗る。三階へと上がり部屋の前に来たところで、観念したように隼斗が溜息をついた。

「じゃあ、少しお邪魔します」

「はい、どうぞ」

にこりと笑って玄関の鍵を開ける。先に入り電気をつけると、入口にスリッパを並べた。

「誘っておいてなんだけど、散らかってるのは大目に見てくれるとありがたい」

言いながら部屋の奥に向かうと、背後から、お邪魔しますという声が聞こえてくる。リビングと続きになっているダイニングに案内すると、そこに座っててとテーブルを指差した。

キッチンでスマートフォンを操作しタクシー会社の電話番号を探してかけると、三十分ほどかかるという答えが返ってくる。泊めた方がいいかもしれないという考えがちらりと過ったが、明日の朝、開店準備のために早起きをする自分に付き合わせるのも悪いなとそのまま一台手配を頼んだ。

お茶を淹れ、二人分の湯呑みをトレイに載せてテーブルに運ぶ。だがそこに隼斗の姿はなく、視線を巡らせた。

「隼斗君……」

声をかけると同時に視界に入った姿に、唇を閉じる。リビングにある書棚の上に置いた、両親の位牌《いはい》。その前で目を閉じ手を合わせている隼斗の横顔に、柊也は目を細めた。

何気ない仕草に、隼斗の真摯《しんし》な性格が垣間見える。出会って間もないが、隼斗なら信頼できると感じているのは、こうした瞬間によるところが大きかった。あまり意識している様子もなく、気がつけばごく自然にやっている。そういったところが、柊也の目にはひどく好ましく映った。

そしてそれを告げると、普段はあまり感情が表に出ないのに少しばつの悪そうな——照れた顔をしてみせるのが、可愛くて仕方がないのだ。

「勝手にすみません」

「いや、ありがとう」

柊也の姿に気づいた隼斗が、頭を下げる。それに微笑みながら、座って、とテーブルの方へ促した。

「タクシー、三十分くらいで来るらしいから、お茶飲んで待ってて」

「ありがとうございます」

テーブルに向かい合って座り、それぞれの前に湯呑みを置く。互いに温かなお茶を飲み一息ついたところで隼斗を見ると、不意に、先ほど店でされたキスが蘇り、ぐっと湯呑みを持つ手に力を込めた。意識すればするほどどきどきと鼓動が速くなり、焦ってしまう。

（思い出すな……っ）

隼斗にとってあれは人助けの部類で、他意はない。意識してしまう自分の方がどうかしているのだ。何度も心の中でそう言い聞かせ、深呼吸をして速くなった鼓動を落ち着けようとしていると、首を傾げた隼斗が声をかけてきた。

「柊也さん？　どうかしましたか？」

「あ、いや！　なんでもない！　お茶が美味しいなって……ああ、そうだ。そういえば一つ聞いてみたいことがあったんだけど」

慌てて手を振りながら、咄嗟に思いついた質問を口にした。

「隼斗君は、ここ――この世界に来て、どのくらい？」

「俺ですか？　えーっと、八年、くらいかな」

思い出すように指折り数えたそれに、驚きに目を見張る。

「小さい頃からこっちにいた、とかじゃないんだ」

なんの違和感もなくこちらの世界に溶け込んでいるため、もっと幼いうちからいたのかと思った。正直にそう告げると、隼斗は苦笑しながらお茶を口に運ぶ。

「まあ、色々あって……。こっちに来たばっかりの頃は、慣れないことも多かったですよ」

この世界に来て右も左もわからない隼斗を保護したのは、清宮だったらしい。その清宮の計らいにより『青柳サービス』で手伝いをしながら勉強をさせてもらって、随分慣れたのだと続けた。

「……言えなかったらいいんだけど。この世界に来る獣人は、えっと……みんな、なにか事情があって来るのかな」

躊躇いがちに尋ねたそれは、両親のどちらかが獣人だったと知らされた時から、心のどこかに引っかかっていたものだ。

「そうですね。理由は、人によります。こちらの世界に憧れる者、獣人の世界から出ることを望んだ者、なにかしらのトラブルで来てしまった者、そして……、あちらにいられなくなった者」

「いられなくなった……？」

静かに呟かれた最後の言葉は、隼斗にとってひどく重いもののように感じられた。これ以上聞いてはいけない。そう思った柊也が言葉を遮る前に、隼斗が自嘲するように呟いた。

「俺は、向こうで大切な家族を……そして、友人をひどく傷つけた。だから、この世界に……逃げてきたんです」

目を伏せ、そう告げた隼斗の瞳がいつになく暗いことに気づき、そっと息を呑む。目の前に絶対に踏み込めないなにかがあるようで、柊也は唇を閉ざした。

「……――」

不意に落ちた沈黙に、だが、すぐに隼斗が気配を緩める。ふっと口元に笑みを浮かべ、湯呑みのお茶を飲み干した。

「……気にしないでください。昔のことです」

「ああ、うん。変なこと聞いて、ごめん」

「いえ。ご両親のこともありますし、気になるのは当然です。こっちこそ上手く話せなくて、すみません」

「いや」

却って気を遣わせてしまったと慌ててかぶりを振ると、それより、と話を変えるように隼斗が両親の位牌に視線をやった。

「多分、獣人だったのは、お母様だったんじゃないかと」

「え？」

「御位牌の前の飾り。あれは、お母様の形見では？」

「あ、ああ。元はネックレスだったみたいなんだけど、鎖はどこかにいったから、飾りだけとっておいたって言ってた」

「あれから、ごくわずかですが獣人の気配がします。あの飾りは、あちらの世界で家族の無事を願う時に渡すものです。相手が男性か女性かで、形が変わります。あれは、女性に渡す飾り。だから多分、獣人だったのはお母様だったのではないかと」

「……母さんが」

思わぬ言葉に目を見張り、位牌を見る。

「残念ながら、種族なんかはわかりませんが。もしかしたら、他にもなにか残ってるかもしれませんね」

「父親の遺品の整理をしながら探してはいるんだけど、これといったものはなくて。……あ、でも気になったものがあれば、見てみてもらっていいかな」

「もちろん」

小さく微笑んだ隼斗の表情には、先ほどの重く暗い気配はない。そのことにほっとしつつも、どうしてかつきりと胸が痛む。

（いつか……）

不意に脳裏に淡く浮かびかけた言葉は、だが、タクシーの到着を告げるスマートフォンの着信音に遮られ、ふっと霧散していったのだった。

◇◇◇

店の入口を開けると、ふわりと食欲をそそる香りが漂ってくる。

夜の営業開始から二時間ほどが経った夕食の時間帯、空腹感が増すのを感じながら、隼斗はいつも通り挨拶をして店の中に入った。

経年による古さは感じられるものの、いつも清潔に保たれている店内。深い色合いの木製カウンターと同色の椅子《いす》はほぼ満席になっており、客達は思い思いに料理や会話を楽しんでいた。

なんの変哲もない、昔ながらの定食屋。だからだろうか。ここに来る度に、どこか懐かしいような感覚を覚えるのは。

「お疲れ様」

「うす」

出来上がった料理を客に出した柊也が、にこりと微笑み声をかけてくる。それに頭を下げて応えながら厨房に入ると、週に数回は夕食を食べに来ている常連の男性客達がからかうように声をかけてきた。

「よお、腹減り小僧。お前もすっかりここのバイト姿が板についたな」

「ここだったら賄いも出るから、腹鳴らしながら仕事せずにすむだろ」

「……うるせーっすよ。他のお客さんに迷惑です。折角の料理、冷めないうちに食ってください」

別々の方向からかかってきた声に、じろりと睨《にら》みながら返すと、ははは、とさらに笑いが起こる。どちらの常連客も獣人で、便利屋の仕事で何度も顔を合わせたことがある。給料日前は、大抵、財布の中身が心許なくなって食費を切り詰めていることを知っての言葉だ。

柊也の邪魔にならないよう、厨房の端にある洗い場に行くと、浸水させたままになっている茶碗や皿、グラスをざっと洗い、汚れを落として食洗機の中へ並べていく。

ちなみに、柊也一人でどうしても片付けの手が回らない時は、厨房入口前に置いている台に皿を下げる——もしくは浸け置きまで、常連客達が手伝ってくれるらしい。

「店長、こいつ迷惑かけてない？」

水音の向こうで、注文が一段落し調理台を片付け拭いていた柊也に、他の顔見知りの客が声をかけるのが聞こえる。明らかに面白がっているそれに、柊也が「いいえ」と笑いながら答えた。

「迷惑どころか、助けてもらってばかりですよ。物凄く楽させてもらってるので、隼斗君のバイトが終わるのが今から恐ろしいです」

「えー。なら、俺もここで働かせて欲しいなあ。いつでも店長のご飯食べられるとか、羨まし過ぎる！」

「お前の場合、全体的に大雑把すぎて迷惑かけるだけ……っていうか、そりゃ店長の飯食いたいだけだろ」

「なんだよそれー。俺だって……」

「はいはい。そこうるさいよ。静かにしないと、店長と他のお客さんに迷惑」

柊也の言葉に、カウンターに座る客達が各々口を挟み始めるのを、こちらも笑いながら慣れた様子で他の客が止めた。

常連客が多い店だと、ふらりと入った客は居心地悪く感じる場合も多い。だがここでは、店長である柊也が誰に対しても親しすぎない一定の距離感で接するため、そういった雰囲気はなかった。

また客同士も顔見知りが多く、騒がしくなってしまいがちだが、度が過ぎて店長である柊也がやんわりと割って入る前に誰かが止めるため、さほど長く続くこともない。柊也もそれがわかっているため、よほどの場合でない限りは口を出さなかった。

「……ごちそうさま。今日も美味しかったわ」

一番端、入口近くのカウンター席で静かに食べていた老婦人が、満足そうにそう言って手を合わせる。そして少し高さのある椅子から降りようとするのに、隣で食べていた青年客――先ほど騒いでいた中の一人だ――が、転ばないようにすかさず手を貸した。

「あら、ありがとう」

「どーいたしまして。もう暗いから気をつけてな、ばーちゃん」

「そうね。気をつけるわ」

にこにこと笑って礼を言った老婦人に、青年が愛想よく告げる。再び座って食事の続きを始める青年に、洗い物をしながら思わず口元に笑みが浮かんだ。

店長の性格が店に現れているせいか、基本的にこの店の常連になる客は人柄が良い。美味しい食事を、楽しく食べる。その雰囲気を壊さないことを、どの客も心得ていた。

もちろん、そういった客ばかりではないが、柊也が動じずに接するのと他の客達が自然と手を貸すため、人の迷惑になるような客は二度と訪れない場合がほとんどだ。

（まあ、最近少し違ってきているようだが……）

心の中で独りごちていると、柊也と老婦人の会話が聞こえてくる。

「お魚の煮付けは、お父様の味そっくりね。懐かしいわ」

「ありがとうございます。そう言ってもらえると嬉しいです」

「また寄らせてもらうわね。ごちそうさま」

「お待ちしてます。お気をつけて」

月に一度くらいの頻度で店を訪れるという老婦人は、先代の店主——柊也の父親が店をやっている頃から来てくれている人らしい。柊也の子供の頃も知っており、足が遠のいた時期もあったが、数年前からまた不定期に通ってくれているそうだ。

「ありがとうございます、肉定食一つですね」

老婦人を見送った後、他の客も席を立ったらしい。柊也の声が続いた。

（先に、カウンターを片付けておくか）

そう思い、水を止め手を拭いていると、へらへらとした笑い交じりの男の声が耳に届き眉を顰める。

「なあ、店長。次の休みの日、飲みに行かない？　俺、美味いところ知ってんだ。奢《おご》るからさあ」

「千円お預かりします。すみません。俺、下戸《げこ》なので。……はい、こちらお釣りです」

レジの音とともに、柊也が静かにさらりと躱《かわ》す声がする。実際にはそれなりに飲めるらしいが、ああして声をかけられた時は、断るために下戸で通しているのだという。

他には聞こえないように小さく舌打ちし、洗い場から柊也に声をかけている男を睨みつける。食い下がるようなら割って入ろうと様子をみていると、男の軽薄な声が続いた。

「大丈夫！　ノンアルコールの美味いのもあるから。なあ、いいだろ？　たまには遊びに行かないと……」

だが、さらに言い募った男の声を、がらりと入口を開く音が遮った。次いで、穏やかな——けれど、聞き流せない静かな圧を孕《はら》んだ男の声が響く。

「こんばんは、店長。カレー、まだあるかな」

「……——っ」

案の定、柊也を誘っていた男の声が途切れる。出て行きかけていた足をぴたりと止めると、変わらぬ調子の柊也の声が続いた。

「いらっしゃいませ、鳥海さん。まだ残ってます。……では、失礼します。ありがとうございました」

まずは、新たに入ってきた男性客——鳥海に、次いで柊也を誘っていた客に告げ、柊也が厨房の調理台の前に戻る。直後、舌打ちの音とともに、やや乱暴に店の扉を閉める音が響いた。

「鳥海さん、グッジョブ」

　ぼそりと呟いたのは、一番近くにいた青年客だ。

「タイミングがよかったみたいだね。まあ、今は番犬君もいるから、なにかあっても大丈夫だとは思うけど」

　止めていた足を進め、ダスターを持って厨房を出たところで、鳥海がこちらを見ながら口端を上げる。含みのあるその言葉と視線に、だがなにも答えないまま目を眇《すが》めると、空いた席の皿をトレイごと持ちテーブルを手早く拭いた。

「いらっしゃいませ。……こちらにどうぞ」

「はい、どうも」

　そう言った鳥海が席に座ると、前菜の準備をしていた柊也が鳥海の前に皿を置いて改めて声をかける。

「ご注文は、カレーでよろしいですか？」

「うん、よろしく」

　昼の営業時は、三種類の小鉢をあらかじめ準備し、好きなものを一つ選んでもらう形式だが、夜の営業時は、細長い皿に三種類の前菜を盛って出している。今日の前菜は、れんこんのピリ辛炒《いた》めとカリフラワーのポテトサラダ、大根と豆腐のそぼろ煮だ。

基本的に、前菜は昼食時と同じものだが、なくなった場合は休憩時間に準備し別のものを出しているらしい。

「なんかさー。いっつも思うけど、鳥海さんがここでカレーとか定食食べてるのって、イメージ違うんだよなあ」

はい、と自分の近くにあった水のピッチャーを鳥海の方へ押しやった青年が、しみじみと呟く。当の青年はすでに食事を終え、のんびりしていた。

閉店も近いこの時間は、新たな客が入ってくることも少ないため、常連客の中にはゆっくりしていく者もいる。

「ははは。いかにも高級レストランで高いもん食ってそうだもんなあ。まあ、それだけ店長の料理が美味いってことだろ」

他の客が笑いながら席を立つのに合わせ、調理で手が塞がっている柊也に代わって会計に向かう。差し出された小銭を受け取ると、会計を済ませた客が「ごちそうさん」と柊也に声をかけ店を出て行った。

「店長の料理は特別だからね。ここのを食べたら、他では満足できなくて困る」

にこりと笑ってそう言った鳥海に、カレーを火にかけていた柊也が苦笑する。

満足できない。それは、味だけの問題ではなく――要は、柊也の力のことを言っているのだろうと察するが、柊也がそこまで思い至っているかはわからない。

（いや、多分わかっていないだろうな）

自分の力について、柊也はまだ無頓着な部分が多い。そしてその力が、獣人達にとってどれほど魅力的に映るかも。

とはいえ、この店の常連達については、あまり心配はしていない。人間、獣人問わず柊也に好意的な者が多く、また獣人であっても下手《へた》に柊也になにかをして居心地が良いこの場所自体をなくしてしまうよりは、現状のまま守った方がいいと考えているのが感覚でわかるからだ。

「ってことは、普段、高いもの食ってるのは否定しないんだ？」

興味津々《しんしん》な青年に、なんだ、と鳥海が笑った。

「見た目によらず鋭いんだな。まあ、仕事では必要に応じて」

「なんだよ、見た目によらずって！　全く、みんなでよってたかって馬鹿にして」

拗《す》ねた青年の声に、残っていた顔見知りの客達が一斉に笑う。

「お待たせしました」

そんな中、柊也が、メニューの一つである牛すじカレーを鳥海の前に置く。カレーは、定食のように日替わりではないものの、季節ごとに内容を変えているらしい。中でも牛すじカレーは常連客の中でも人気なのだそうだ。肉も野菜も豊富に入っているため食べ応えも抜群で、かくいう隼斗も好きな料理だった。

「ありがとう」

「あー、カレー美味そう。俺も食べようかな」

料理と一緒に渡されたスプーンで、早速カレーを食べ始めた鳥海を見ながら、すでに一食分きっちり平らげていた青年が呟く。ちなみに青年も獣人——種族は犬——で、カレーを見ながらぱたぱたと尻尾が揺れていた。

「残り一杯分なので、今なら出せますよ」

すかさずそう告げた柊也に、青年が「食べる！」と手を上げて即答する。

「……商売上手《じょうず》」

厨房に入り、すれ違いざまにぼそりと呟くと、なんのことだかと言いたげな柊也の笑みが向けられた。

「お前、どこにそんなに入るんだ？」

他の客達が呆《あき》れたように言うのに、青年が平然と「胃袋」と返す。

「ああ。そういえば、さっきのやつじゃないけど、最近この辺で不審者が出る話も聞くから店長も気をつけた方がいい」

思い出したように告げた鳥海に、客の一人が「知ってる知ってる」と頷いた。

「なんか、不審火が出たみたいだって話も聞いたし、本当に、夜帰る時とか気をつけた方がいいよ、店長」

「そうなんですか？」

青年にもカレーを出した柊也が、鳥海とそれに続いた別の客に視線を向ける。

「入口の扉が壊されかけたって話もあるらしい。幸い、まだ人的被害が出たとは聞いていないけれど。物は壊れても直せるけど、人はそうはいかないからね」

落ち着いた口調でそう言った鳥海に、柊也も真剣な表情で頷く。

「そうですね、気をつけます」

「今は、番犬君もいるから多少は安心だろうけど。あんまり遅くなったら送ってもらいなね」

「あはは……」

あくまでも隼斗を番犬扱いする鳥海に、柊也が苦笑を零す。

「店長のことは、俺が責任持って守りますから。ご心配なく」

「ちょ、隼斗君……っ」

鳥海の方を睨み声を割り込ませると、柊也が慌てたように声を上げる。だが鳥海も引く様子はなく、「ふうん」と目を眇めた。そうして、柊也には聞こえないくらいの小さな声で――そして、人より聴覚が優れている隼斗には聞こえるように、ぼそりと呟く。

「その言葉、ちゃんと守れよ？」

そんな鳥海の言葉に、隼斗は胸の奥にかすかな苛立《いらだ》ちを覚え、柊也には見えぬよう眉を顰めるのだった。

「……しまった。だいぶ遅くなったな」

定食屋『ふじの』へと続く、街灯に照らされた夜道。歩きながらスマートフォンの時計を見ると店の閉店時間を過ぎてから三十分は経っており、眉間に皺を刻んだ隼斗は、ぼそりと呟きながら自然と足を速める。

柊也には、大学で教授からの頼まれごとがあって遅くなると連絡してある。用事があるなら無理はしなくて良いと言われたが、閉店時間には間に合う予定だったため問題ないと伝えたのだ。実際、用事自体は多少時間が押したものの問題なく終わったのだが、途中で電車が止まってしまい、大幅に遅れてしまった。

『ふじの』は、最寄り駅から少し歩いた、住宅街へ続く一画にある。客の多くは、住宅街側から来る近所の住人、もしくは、駅側にある会社の事務所などから来る会社員がほとんどだ。立地的に決して悪くはないが、駅からは離れているため、ふらりと立ち寄る一見《いちげん》の客は割合的に少ない。

それでも、ここ最近――柊也の力が発現してから、封じきれない力の料理に対する影響が強くなっており、獣人達の間でも噂《うわさ》が広まり始めたのか新規の客が徐々に増え始めている。

それ自体はいいことなのだろうが、先日のように柊也に絡んだりする客もいるため、油断はできなかった。

（少なくとも、柊也さんが力をちゃんとコントロールできるようになるまでは）

あの力は、上手く使えば並みの獣人では手を出せなくなる。だが、五感の制御すら危うい今の柊也にそこまで求めることはできない。だからこそ、清宮はボディーガードも兼ねて、仕事という大義名分を与えて隼斗を遣わしたのだ。

（とはいえ、仕事じゃなかったとしてもやることは変わらないが）

柊也の力の発現の原因は、自分だ。『番』である隼斗の血に反応し、この世界では本来必要のなかった——封じ込められていた力が、発現してしまった。

最初に柊也が気を失った時、正直、目が覚めたらパニックになるだろうと思っていた。

突如力が発現した柊也へ獣人について話さないわけにはいかず、それには自分の姿を見せるのが一番手っ取り早かった。封じを緩め、力があれば獣人としての姿を『見える』ようにあえてしていたが、それは柊也の反応を見て、獣人のことをどれほど知っているか試す意味もあったのだ。

なのに、目覚めた柊也は隼斗の姿を見て話を聞いても、動揺こそしていたものの、怖がりも詰《なじ》りもしなかった。むしろ、力の発現の原因となった隼斗に礼まで言ってくる始末で、こちらが心配になったほどだ。

『偶然とはいえ、居合わせてくれたのが斎槻君でよかった。ありがとう』

あの言葉に感じたのは、柊也に対する好意と、後ろめたさ。

いまだに、柊也に『番』であることを告げられてはいない。清宮には説明しているものの、清宮自身が柊也にそれを話すことはなく、隼斗に対しても好きにすればいいと言った。

『自分のことなんだから、そこは自分で解決しなさい』

にっこりと笑ってそう言った清宮は、面白がっていた気がしないでもないが。

話すなら、柊也がある程度自分の力をコントロールできるようになってからでないと、余計な負担をかけかねない。迷いは、集中力の欠如へと繋《つな》がる。もし『番』のことを話して、自分といること自体に戸惑いや不安を感じさせてしまうと、訓練にも影響が出る。せめて状態が落ち着くまでは、柊也には自分のことだけに集中して欲しかった。

現状、柊也の力が暴走した場合、最も安全に——最も確実に抑えられるのは自分だ。だからこそ、柊也を迷わせるようなことは、今はまだできない。

(いずれ、話さなければならないことではあるけど……)

その時が来るのを憂鬱《ゆううつ》と感じてしまうのは、隼斗が柊也と一緒にいる時間を心地好いと感じているからだ。

隼斗とて、『番』であれば無条件に受け入れるというわけではない。誰よりも力の相性が良い相手が、イコール、一緒にいたいと思う相手かどうかはわからないからだ。

だが少なくとも、柊也に対しては、もっと知りたい——もっと一緒にいたいという、他の相手には感じたことのない気持ちを持っていることは事実だった。

「……——？」

店の建物が見えて来た時、不意に、なにかが倒れるような音が耳に届いた。

清宮から渡された封じを身につけているとはいえ、五感は普通の人間よりも鋭い。嫌な予感に駆け出すと、明かりのついた店内から、再び、がたんという音が今度ははっきりと聞こえてきた。

「柊也さん！」

急いで扉を開くと、店の奥で、柊也が見知らぬ男に押し倒されている姿が視界に入る。

「……っ！」

瞬間、ぶちり、と頭の中でなにかが切れたような音が響く。

柊也の上に乗り上がっていた男が驚いたようにこちらを振り向くのと、隼斗が駆け出したのは同時だった。考える間もなく、男の肩を摑んで柊也の上から力ずくで引きずり下ろす。

「ぐあ！」

がたん、と傍にあった椅子をなぎ倒しながら、男を放り出す。封じをつけている耳と腕が急激に熱くなり、胸の奥に渦巻く衝動に、ぎりと奥歯を噛《か》みしめた。

視界に映った柊也は、上半身の服をはだけられており、首に下げていた指輪も鎖を引き千切られ傍らに放り出されていた。殴られたのか頰がわずかに赤くなっており、力が暴走したのだろう、気を失ってぐったりとしている。

こみ上げてくる怒りで顔を歪《ゆが》めると、傍らにある指輪を拾い柊也の手に握らせた。

俺のものに、なにをした。

怒りとともに、頭の中にはっきりとその言葉が浮かぶ。瞬間、ぱきっ！　と耳元で音がし、力を封じていた両耳のピアスが割れたのが自分でもわかった。同時に、身体の奥から力が溢れ出し、本来の――銀狼の姿に戻る。

「てめ、邪魔しやがって！」

怒鳴り声とともに、倒された男が顔を歪める。相手は蛇の獣人らしく、こちらも隠す気のない鱗《うろこ》が見えていた。縦長の瞳孔の赤い瞳は血に飢えたような狂気を孕み、口元からは鋭い牙が見える。するりと素早い動きで立ち上がると腕を伸ばし、隼斗に摑みかかってきた。

「……――」

だがその腕をなんなく躱すと、無造作に男の頭を摑んだ。ぎり、と指先に力を込めると、男が「痛《いて》ぇ！」と叫び声を上げて暴れ出す。その抵抗もさほど問題にならず、腕を伸ばして自分より身長の低い男の身体を頭を摑んだまま持ち上げた。

「……あの人に、なにをするつもりだった」

口から零れた低い呟きは、自分でも驚くほどに冷たい。身体中に怒りが渦巻き、だが、頭と腹の底はこれ以上なく冷めていた。

「ぐ、あ、あああ……」

男が、痛みに呻きながら、隼斗の手を外そうと必死にもがく。床に足がついていないため、必死に身体を捩《よじ》ろうとするが、手の力は一切緩まない。逆に徐々に力を入れていくと、みしと指先から骨の軋《きし》む音が伝わってきた。

「早く答えないと、このまま潰すぞ」

ぎり、とさらに力を入れると、男が痛みに潰れた声を上げる。

「や、めて、くれ……っ」

「あの人に、なにをしようとした」

もう一度質問を繰り返すと、男が痛みに涙を浮かべたまま、必死に口を開く。

「な、にも……、ぐあああ！」

「俺が今ここでお前を殺しても、なにもなかったことにできる。ここでの『掟《おきて》』を、お前も知らないわけじゃないだろう？」

「ひ！　待て、言う、言う……っ！」

必死に言い募る男の言葉に、ほんの少しだけ手の力を緩める。だが、男は隼斗の手から逃れることはできず、慌てて言葉を継いだ。

「あいつの、力を……っ」

「無理矢理襲って、力を奪う気だったのか」

「そいつ、半獣、だろ……、なら、番ができた方が……、ぐあっ！」

最後まで言わせず、腕を振り男の身体を投げ捨てる。床に転がり痛みに呻く男のもとへ向かい、襟首《えりくび》を締め上げ引き摺《ず》り起こすと、正面から睨みつけた。

「ふざけるな。あの人は……──」

俺のものだ。そう言いかけた言葉を一度切ると、男の襟首を摑む手に力を込めた。

「今度あの人に手を出したら、俺が許さない。必ずお前を殺す。いいな」

そう言った瞬間、ぴき、と男の襟首を摑む腕から音がした。腕につけた封じ──腕輪にひびが入り、直後、顔を歪めながら隼斗を見ていた男が驚愕に目を見開いた。その顔に浮かんでいるのは、恐怖。

「ひっ……っ！　き、金の瞳……っ！　お、まえ、まさか、あの、銀狼……っ」

男の言葉で、自分の瞳の色が赤から金に変わったことに気づく。封じの大半が解け、一気に力が溢れたためだろう。力を暴走させないよう、腹に力を込める。

「お前のことは、清宮に報告しておく。言っておくが、逃げても無駄だからな」

「ひ、ひい……っ」

わかった、わかりました、と突如態度を変えた男が、必死に頷く。その襟首を一瞬力を込めて締め上げると、がくりと気を失った。

「……──」

男を一瞥《いちべつ》しその場に放り出すと、すぐに柊也のもとへ向かう。指輪を身体から外され暴走したらしい力は、気を失った今は落ち着いている。とはいえ、この状態のままでは指輪を持っていても目覚めればまた暴走する可能性が高い。そう思いながら、上半身を抱き起こしそっと口づける。

「ん……」

薄く開いた唇から舌を差し入れ、柊也の舌を搦め捕る。柔らかく労《いたわ》るような口づけを繰り返し、青白かった顔色が赤みを取り戻してきた頃、ゆっくりと唇を離した。

隼斗自身の封じがかなり解けているせいか、柊也に与える影響も強かったらしい。柊也の力が問題なく安定していることにほっとしながら、腫れた頬を指でそっと拭った。

また、柊也の力のおかげだろう、隼斗自身も封じが解けかかっている状態だというのに驚くほど力が安定していた。いわゆる興奮状態で、急激に力を放出しようとすると金に変わる瞳の色も、恐らく元の赤に戻っているはずだ。意識して抑えずとも、獣人の世界にいる時と同じ――いや、それ以上に力を制御できている感覚があった。

「柊也さん……」

最悪の事態を免れたことへの安堵と、自分が遅れてしまったために危険な目に遭わせてしまった罪悪感。それらに奥歯を噛み締めながら、隼斗はぐったりとした柊也の細い身体を、強く抱き締めるのだった。

柊也が目を覚ましたのは、それから一時間後のことだった。

二階の和室に柊也を寝かせ、店の片付けをしていた隼斗は、耳に届いたかすかな声に手を止め足早に二階へと上がった。

横たわった柊也の顔を覗き込むと、うっすらと瞼が開く。ぼんやりとした瞳でじっと隼斗を見つめていた柊也は、だが、すぐに驚いたように目を見開いた。

「……っ！」

がばっと勢いよく身体を起こした柊也が、慌てたように辺りを見渡す。一瞬、自分がどこにいるかもわからない様子だったが、隣に座る隼斗の顔を見て少し落ち着きを取り戻したようだった。

「あの男、は……？」

「大丈夫。あいつは、俺がぶん殴って事務所の人間に引き渡しておきました」

あれからすぐ、柊也を二階に運んだ隼斗は、気を失った男を縛り上げ『青柳サービス』へ連絡を入れた。あの事務所では、トラブルを起こした獣人を捕縛し、力を強制的に封じ、場合によっては『あちら』――獣人の世界へ送り返す、といったこともやっている。こちらでトラブルを起こすような獣人は、大方あちらでも問題を起こし逃げてきており、こちらの警察に引き渡されるよりも獣人の世界に戻されることの方を恐れるのだ。

「あ、そ、そうか。えっと、じゃあ隼斗君が助けてくれた、のかな？」

「間一髪のところで間に合った……とは思うんですが。どこか、痛むところは？」

「大丈夫……。あ！　指輪！」

はっとして咄嗟に胸元を探るが、すぐに右手の薬指に嵌められている指輪に気づき、ほっとしたように息を吐いた。

「鎖は千切れてしまっていたので、応急処置で嵌めておきました。代わりは明日にでも買ってきますから、それまでは、そのままで」

「いや、多分、家に帰ればなにかしらあるだろうから。そっか……。隼斗君、本当にありがとう。ええと。あの男も、獣人、だったんだよね？」

「はい。今回のことは、俺の落ち度です。すみませんでした」

そう言って頭を下げると、柊也が慌てたように「え⁉」と声を上げる。

「待って、なんでそうなる？　隼斗君は、別になにも……」

「柊也さんの力は獣人の中でも特殊だと、灯さんが言っていたでしょう？　いずれ、強引な手段で柊也さんの力を手に入れようとする獣人が出るのは、想定できたことだから」

ただ、その想定より事態が動くのが早かった。そして、常連客達のように柊也に害を為《な》さない者達の耳目があれば、大胆な騒ぎを起こすことはないだろうと思っていた。それは、隼斗の油断だ。そのせいで、柊也に怖い思いをさせてしまった。

「それでも、隼斗君は、できるだけのことをしてくれてる。悪いのは襲ってきたあいつであって、隼斗君じゃない。だから、そんなふうに謝らないで欲しい」

苦笑交じりの柊也の声がし、ぽんと、頭に手が乗せられる。ふわりと耳ごと軽く頭を撫でられ顔を上げると、優しく目を細めた柊也と視線が合った。

「……——」

どきりと胸が高鳴り、膝の上に乗せた拳を軽く握る。柊也の笑みが深くなり、優しく頭を撫でられる感触が心地好く、同時に落ち着かない気分になってしまう。尻尾が畳を叩《たた》くようにぱたぱたと揺れ、感情を隠せないそれを手で押さえつけたくなる。

「あ、あの……っ」

「ん？　っていうか、隼斗君、そういえばピアスは？　両方ともないけど、大丈夫？」

驚いたように、そしてどこか心配そうな表情で、頭を撫でていた手が右耳にそっと触れてくる。指先の温かさと優しい感触に、その手を握りたくなる衝動を堪えながら、反対側——左耳にもなにもついていないことを指で確かめた。

以前に清宮のところで、隼斗のピアスや腕輪が力を封じるためのものだと聞いたため、心配してくれているのだろう。

「あー、なんでもないです。ちょっと、壊れて。明日には、新しいの準備してもらうんで」

事務所に電話をした後、清宮にもことの次第を話すと、思い切り呆れられてしまった。

『結構頑丈なの渡してたんだけど。その調子じゃ、腕輪の方も無事じゃなさそうだね』

そう言われ見れば、確かに、銀色の腕輪にもヒビが入っていた。幸い足首につけていたものは無傷で、それが壊れていたらさすがにまずかったと溜息交じりに言われ、すみませんと言うことしかできなかった。これが、最も強い封じとなっているからだ。

『まあ、柊也君の力をわけてもらったなら、二、三日は大丈夫だろうから、早めに準備しておくよ。それまでは、できるだけ力を使わないように。それから、可能な限り、柊也君の傍にいること。お互いのためにね』

二人の場合は、互いが傍にいることが一番、力の抑制になる。そう告げられ、柊也に触れたいという欲望を自覚している分、やや後ろめたさを感じながら「わかりました」と応えたのだ。

「そっか……。ごめん、俺を助けてくれた時に、壊れちゃったのかな」

するり、と指先で耳を撫でられると、無性に落ち着かない気分になる。

もっと触れたい。触れられたい。そんな衝動が身体の奥にわだかまり、だが、理性でそれを抑えつける。自分にとっての柊也と、柊也にとっての自分は、全く違う。

――あの人は、俺のものだ。

さっき、男に襲われる柊也を見て、咄嗟にそう思ってしまった。

最初は、『番』が見つかったからといってどうこうするつもりもなかった。たとえ『番』であっても、一緒にいなければならないというわけではない。力の相性が最も良い相手ではあっても、最も大切な相手であるかどうかは、別問題だ。

それに隼斗自身、大切な存在を作る気はなかった。ここでも……、どこにいても。

だが、一緒にいるうちに、少しずつ柊也に惹かれている自分がいた。優しく、穏やかで、けれど強くて、潔い。店で客達に慕われている様子を見ては、自分以外に笑いかけて欲しくなくて攫《さら》ってしまいたくなる。

自分が、この人の一番傍にいたい。なにかあった時、一番に助けられる存在でありたい。いつの間にか、そう思っている自分がいたことに、ついさっき、ようやく気がついた。

「……柊也さん。一つ、提案があるんですが」

「ん？」

けれど同時に、柊也にとっての自分が、獣人として手助けしてくれている大学生、もしくは年下の友人といったところでしかないだろうとわかるため、後ろめたいのだ。そんな後ろめたさを隠して、柊也を見つめながら先を続けた。

「しばらくの間……、指輪を手放しても柊也さんの力が暴走しなくなるまで、住み込みで雇ってもらえませんか？　この部屋で構いませんから」

「え？」

「そうしたら、送り迎えもできますし、授業がない時間帯はもう少し店も手伝えます」

「いや、それは悪いよ。さすがに、隼斗君の負担が大きすぎる……」

焦ったように手を振る柊也に、いえ、とかぶりを振った。

「俺はそっちの方が安心できますし、自分の家と往復しなくていい分、楽になります。ああ、でも心配なら、この近くで部屋を借りても……」

「いや、それはもったいないから！　っていうか、ここじゃ寝泊まりできないし、うちに泊まってもらえばいいよ」

「……いいんですか？」

驚いて目を見張ると、隼斗君なら構わない、と苦笑が返ってくる。

「父親と住んでたマンションだから、広くはないけど泊まれる部屋はあるし。もうすでに色々やってもらってるのに、さらに負担をかけるわけにはいかないよ」

それに、と。やや躊躇うようにしながら続けた。

「ごめん。正直、少しの間だけでも、近くにいてくれると心強い。今日みたいなことがしょっちゅうあるわけじゃないだろうけど、隼斗君がいない状態で指輪を取られた時、さすがにちょっと……怖かった」

その時のことを思い出したのか、笑みを浮かべてみせつつも口元を引きつらせ、身体を震わせた柊也に、気がつけば手を伸ばしていた。

「は、隼斗君!?」

「……怖い思いさせて、すみません。無事で、よかった」

柊也の細い身体を抱き締めながら、そう呟く。腕の中で焦ったように身動ぎしていた柊也は、だが隼斗の言葉に動きを止めると、力を抜いて身体を預けてきた。

「助けてくれて、ありがとう」

ぽつりと、耳元で囁《ささや》かれた言葉と、腕の中の体温。それらに、隼斗は言い知れぬ愛《いと》おしさを感じながら、抱き締める腕にほんの少し、力を込めた。

◇◇◇

ふっと意識が浮上し、目を開く。

ベッドに横たわり、視界に映る見慣れた天井をぼんやりと見つめながら、柊也はわずかに強張っている身体から力を抜いた。

(久し振りに見たな……)

父親が、亡くなった時の夢。

あの頃、柊也は別の店で働いており、その近くに部屋を借りて父親とは一緒には住んでいなかった。だが、実家であるこの家に顔を出した時、偶然体調が悪そうにしているのを見つけて強引に病院へ連れて行ったのだ。

その頃には父親の病はすでに手の施しようがないほどに進行しており、数ヶ月後には帰らぬ人となってしまった。

『店は、畳むから気にするな』

そう言って、閉店の準備を進めようとしていた父親を止めたのは、他ならぬ柊也自身だ。

――この店は、俺が継ぐ。

そんな柊也に、だが、父親はすぐには首を振らなかった。『ふじの』のような定食屋は、これから経営するにも厳しくなる一方だ。古い店を継ぐより、今はまだ、他の店で腕を磨いた方がいい。父親としてではなく、ずっと一人で店を切り盛りしてきた料理人――そして経営者としての言葉には、柊也をたじろがせるだけの重みがあった。

だがそれでも店を継ぐことに決めたのは、柊也自身、この店が好きだったからだ。母親のことはあまり覚えていないが、両親との思い出は全てこの店にある。

頑として意見を変えない柊也に、根負けしたのは父親だ。決して、この店に固執しない。上手くいかなければ、早めに手放すこと。そう約束させて柊也に後を任せてくれた。

「三年、か」

父親が亡くなってからは、あっという間だった。店を一人で切り盛りすることの厳しさは見知っていたつもりだったが、実際にやってみると想像以上だった。

幸い常連客には恵まれたものの、父親が亡くなって離れていった客も少なくない。料理の味が変わってしまった。残念そうな言葉に、だが柊也には、すみませんと返すことしかできなかった。

幾ら入れ物が同じでも、中身が異なれば別のものとなる。当然といえば当然だろう。

（あの頃が一番きつかったか）

落ち込むことも多く、けれど自分でやると決めた以上、諦めるのは最大限の努力をしてからだと自らを奮い立たせた。

だから、最初はさほど気になっていなかったのだ。

母親を早くに亡くし、父親は柊也を育てるために店を第一にして働いてきた。そのため柊也は比較的一人でいることが多く、小学生になった頃には、店の手伝いをしつつも、家で留守番している時間が長かった。

父親は口数の多い人ではなかったから、二人で家にいても静かなもので、高校卒業後は一人暮らしもしていた。だから、家に一人でいるという状況に、慣れていないわけではなかったのに。

父親が亡くなり半年ほどが経ったある日、ふと、家の中が静かだ、と思ったのだ。

あの時初めて、柊也は孤独というものを実感した。本当に独りになったのだ、と今更ながらに理解したのだ。

今でもこうして目が覚めた時、時折、その時のことを思い出す。

しんと静まり返った部屋の中で、つらつらと考えていると、どこからともなくかすかな物音が聞こえてくる。恐らくこれが、懐かしい夢を見た原因だろう。そう思いながら、そっと口元に笑みを浮かべた。

「……さて、起きるか」

いつまでも感傷に浸っていても仕方がない。ベッドを下り、そのまま部屋から出ると、リビングへ向かった。

パジャマ姿のままリビングに行くと、そこには、着替えもすませキッチンに立つ隼斗の姿があった。漂ってくるコンソメの良い香りに、自然と空腹感が増す。

「おはよー。今日も早いね」

「っす。おはようございます」

「朝、パンでいいですか?」

「うん、ありがとう。先に、顔洗って着替えてくる」

そう言い残し、再びリビングを出て洗面所へ向かう。身支度《みじたく》を整えて戻ると、ダイニングテーブルに、朝食が並べられているところだった。

二LDKの、柊也の部屋。ここで、隼斗が寝泊まりするようになって一週間が過ぎた。休みなく隼斗を拘束してしまうことに罪悪感を覚えたものの、あんな目に遭った後のため、ひどく心強かった。

隼斗からは宿泊費や光熱費、食費を出すと言われたが全て断った。自分のために来てもらっているのだからとどうにか退けると、ならば、せめて家事を手伝わせて欲しいと言われたのだ。

そうして落ち着いたのが、毎日の朝食作りだった。ずっと一人で暮らしていたという隼斗は、料理も自分でそれなりにこなせるらしい。本職には敵《かな》いませんが、と言いながら作ってくれた朝食は、とても美味しかった。

柊也のリクエストで洋食を多めにしてもらっているのは、自分ではなかなか作らないからだ。一人だと店の残り物をそのまま持ち帰って食べることが多く、下手をするとコーヒー一杯だけ飲んで仕事に行く、ということもざらだった。

ちなみに素材は、仕込んでおいたものの店では出せなくなった――ようは廃棄予定のものを使ってもらっているため、経済的でもあった。

隼斗が作ってくれる朝食を食べるようになって、身体の調子もいい気がする。やはり朝の食事は大切だ、と思いながら、隼斗を手伝うためにキッチンへ向かった。

「なにか持っていくものある？」

「じゃあ、コーヒー持っていってください。カフェオレにしておきました」

「ん？」

渡されたコーヒーは、確かにブラックではなく牛乳が多めに入れられている。特にブラックが好きというわけではないが、いつもは牛乳を入れるか聞いてくるため首を傾げると、隼斗が苦笑して続けた。

「昨日の夜、メニュー考えながらコーヒー飲んでたでしょう。遅くまで起きてたみたいですし、ブラックばっかり飲んでても胃に悪いですよ」

「あー、そういえばそうだった」

仕入れ等の調整もあるため、そろそろ来月の献立を決めてしまわなければならず、つい夜更かししてしまったのだ。

作業は、玄関近くにある自室でやっており、隼斗にはリビングの続きにある和室——元々は父親が自室として使っていた部屋——を使ってもらっているため、遅くまでやっていても大丈夫だろうと思っていたが、どうやらばれていたらしい。

「さて、これで終わりです。食べましょうか」

そう言った隼斗が、フライパンからバタートーストを皿に移す。ふわりと漂ってくるバターの香りに頰を緩めながら、ダイニングテーブルで向かい合って座った。

ダイニングとリビングが続いているこの部屋は、二人でいてもそう狭さは感じない。リビングの方には、テレビと書棚、小さな座卓、クッションがあるだけで、殺風景と言えばその通りだった。

父親も柊也も、あまり物を増やす方ではなかったため、部屋の中は必要最低限のものしかない。唯一の例外として、調理器具や調味料がそこそこ揃っている程度だった。

目の前に並ぶのは、自分ではまず作らない洋風の朝食。

ベーコンとスクランブルエッグ、野菜サラダ、そしてバタートーストが大皿にまとめて盛りつけられており、スープカップにはコンソメスープが注がれている。

「いただきます」

手を合わせて隼斗にそう言うと、早速バタートーストを手にして囓《かじ》る。外はカリッと、中はふわふわに焼かれた食パンは、バターの香ばしさも相俟って、半分があっという間に胃袋の中に収まってしまう。

「柊也さん、バタートースト好きですよね」

「自分じゃ滅多に作らないからね。食パン焼いても、なにか塗るのも面倒でそのまま食べて終わりってことが多いし」

「……意外と、自分のことには大雑把」

ぼそりと呟いた隼斗に、あはは、と笑う。

「料理は好きだけど、自分が食べるものはわりと何でもいいしなあ」

どちらかと言えば、自分は作ったら満足してしまうのだ。それよりも、食べてもらって美味しいと言ってもらう時の方が好きだった。

「父親が忙しい人だったから、こうやって誰かとゆっくり食事するっていうこと自体は少なかったんだけど。小さい頃、手伝いで作った料理を父親が美味しいって言いながら食べてくれたのが大きかったんだろうね」

「ああ……、それはわかる気がします。俺も、昔……——」

何気なくそう言った隼斗が、不自然に言葉を止める。何気なく促そうとして、だが、その話が『獣人の世界』にいた頃のことなのかもしれないと思い、口を閉ざした。

向こうのことを話していた時の、隼斗の暗い瞳を思い出したからだ。

「……——。昔、弟の面倒を見ている時に、ねだられて、おやつにパンケーキを作ってやったことがあったんです。初めて作って明らかに失敗してるのに、美味しいって嬉しそうに食べてくれて。あの時に、最低限の料理はできるようになろうって思いました」

だが、どこか痛みを堪えるような——けれど、ひどく懐かしそうな表情でそう続け、内心でほっとする。辛《つら》いばかりの思い出ではない、ということに安堵を覚えたのだ。

「そっか。可愛い弟さんだね」

「……そうですね」

さらりとそう返せば、隼斗も小さく笑みを浮かべる。

なんとなくその表情が可愛く思えて、つい、手を伸ばしてしまいたくなる。だが次いで、隼斗に抱き締められた時のことを思い出してしまい、どきりとしながら慌てて俯いた。赤くなりそうな頬をごまかすため、スープカップを手にして口に運ぶ。

見知らぬ獣人に店に押し入られ、襲われた時。隼斗に助けられた後、どうにか平静を保っていたけれど、やはり恐怖心は拭いきれなかった。

それを見透かしたように、そっと抱き締めてくれた隼斗の体温は、ひどく温かく――そして安心できた。けれど同時に、あの時のことを改めて思い返すと、妙にどきどきして落ち着かなくなってしまうのだ。

（なんだろう。落ち着かないんだけど……、落ち着くっていうか）

隼斗を家に泊めると決めた時、慣れるまでは落ち着かないだろうと覚悟していた。自分のパーソナルスペースが、意外と強固なのは自覚している。誰かと遊びに行くよりも、一人で料理を作ってる方が楽しかったため、交友関係も狭い。

父親も同じタイプだったため、一緒に住んでいても互いに干渉することは少なかった。

だが隼斗が家に来てから、自分が思っていた以上にすんなり馴染《なじ》んでいることに驚いたのだ。なんの違和感もなく、なんの負担もない。気を遣って疲れるようなこともなかった。

ここしばらく、店を手伝ってもらったり、力のコントロール方法を教えてもらったりして一緒にいることが多かったせいもあるだろう。だがそれだけでない気もするのだ。

それに、とちらりと隼斗を見遣る。

先ほどのように、突然、隼斗から抱き締められたり――口づけられた時のことを思い出してしまい、どうにも落ち着かなくなることがあるのだ。だが、自分が変に意識してしまっている自覚もあり、気づかれれば逆に隼斗に気を遣わせてしまうだろうと、表面上は頑張って平静を保っていた。

（あんまり意識して、訓練に影響が出ても悪いし……）

「そういえば、今日は講義が午前中だけなので昼過ぎには店に行けると思います」

「え、あ、うん！　急がなくてもいいよ」

声をかけられ、ぼんやりと隼斗を見つめてしまっていたことに気づき、慌てて視線を外してフォークを動かす。と、隼斗が、珍しく少し躊躇うようにしているのに首を傾げた。

「なにか用事があるなら、気にせずそっちを優先してね？」

「いえ、そうじゃないんですが。……客を、二人ほど連れて行ってもいいでしょうか」

「……？　もちろん、それは構わないけど」

どことなく気まずそうなそれに、逆に不思議になってしまう。客を連れてきて売上に貢献してもらえるなら大歓迎だ。隼斗ならば、トラブルになりそうな人は連れてこないだろうという信頼もある。

（大学の友達かな。もしくは、事務所の人とか……）

そんなことを考えながら、席を空けておこうかと問えば、大丈夫ですとかぶりを振った。

「そこまでは。空いてなければ、待たせますから」

運ぶのだった。


「了解。じゃあ待ってるね」

そうして、妙に歯切れの悪い隼斗の態度に首を傾げながらも、柊也は美味しい朝食を口に

「いらっしゃいませ」

昼の営業時間が二時間ほど過ぎた頃、がらりと店の扉が開く音に反射的に声を上げる。

遅れて顔を上げると隼斗の姿が見え、調理中のため目線だけで挨拶をすると、会釈をした隼斗が自分の背後に向かってなにかを話しかけた。その視線が妙に下の方へ向いており、柊也の視線も自然と下へ向かう。

(子供?)

隼斗の後ろから手を繋いでおずおずと店に入ってきたのは、まだ幼い――五歳か六歳ほどの男の子と女の子。二人とも、頭に垂れ下がるような長い兎《うさぎ》の耳がついており、獣人だということが一目でわかる。

(うわー、兎だ。可愛いなあ)

内心で呟きながら、作り終わった定食を注文した客の前に出してしまうと、ざっと空いている席を確認する。が、タイミング悪く二人並んで座れる場所がなく、いっそのこと二階の

和室を使ってもらおうかと思った時、店の一番奥の席にいた大柄の男性客――こちらは熊の獣人だ――が、隼斗に手招きした。

「もう出るから、ここで一緒に座りな」

言いながら席を立った客に頭を下げると、「今日も美味かったよ」と小銭を差し出され受け取る。子供を促して店の奥に連れて行った隼斗が、柊也と同じように頭を下げると、男性客が笑いながら隼斗の肩を叩いて出て行った。

レジに小銭を入れ手を洗っていると、厨房に入ってきた隼斗が「カレー、二つお願いします」と告げる。

「カレーか。今のままだと子供には辛いかもしれないから、少し待ってもらえる?」

「それは、はい。でも、いいんですか?」

「ちょうど一段落したとこだし、たいした手間じゃないから大丈夫」

幸い、ピークと言える時間は過ぎており、客足も落ち着いてきている。あと三十分ほどで昼の営業も終わるため、新規の客もそう多くは来ないだろう。

カレーを小鍋に取り分けると、味を見ながら少しずつ牛乳と蜂蜜《はちみつ》を足す。甘めに味を調えひと煮立ちさせた後、皿にご飯を少なめに盛りカレーをかけ、その上に小さく切ったスライスチーズをかける。

「はい。熱いから気をつけて。おかわりもあるから」

言いながら、出来上がったカレーを子供達の前に出すと、子供達がおずおずとした様子で隼斗を見る。答えるように頷いた隼斗に、ほっとしたように表情を緩めると、カレー皿を自分達の前に引き寄せ、一緒に渡したスプーンで食べ始めた。

「辛くて食べられなかったら言ってね」

そう声をかけた柊也に子供達はこくりと頷き、だが一口食べた後、顔を見合わせ揃って嬉しそうに笑った。

「……おいしい」

「おいしい、です」

子供達が黙々とカレーを食べ進めるのに目を細めつつ、客が帰った後のカウンター席を片付けている隼斗に視線をやった。

二人と隼斗がどういう関係なのかはわからないが、以前、清宮が隼斗のことを『人の面倒を見て財布を空にすることが多い』と言っていたことと、関係があるのかもしれない。そう思いながら、後で聞いてみようと柊也は再び仕事に意識を戻していった。

昼の営業時間が終わり、入っていた客が全員帰った頃、食後のデザートにとサービスで出した梨を食べ終えた子供達がフォークを置いた。

「ごちそうさまでした」

二人揃って柊也に頭を下げるのに、調理台の前で賄いを作っていた柊也は、どういたしましてとにこりと笑う。

「柊也さん。この子達の分は、俺が」

「了解。量も減らしてあるし、子供価格でいいよ」

「いや、でも……」

「大丈夫。この子達が特別ってわけでもないし。五、六歳くらいまでの子で量減らしたりした場合は、同じようにしてるから」

「……わかりました。じゃあ、お言葉に甘えて」

そうして告げた金額を柊也に渡した隼斗は、子供達のところに行き二人の頭を撫でる。

「腹いっぱいになったか？」

「うん！」

「うん」

元気にそう頷いた子供達に頬を緩めていると、がらりと店の入口扉が開く。そうして入ってきたのは、どこかで見覚えのある男性だった。

「こんにちはー。『青柳』の者です。お子さん二人、迎えに来ましたー」

明るくそう言った男に、ああ、と小さく声を上げる。以前、隼斗に連れられて清宮に会うため『青柳サービス』の事務所に行った時に、お茶を出してくれた男だった。どうやら彼も獣人だったらしい。背中に鳥の羽が見えた。

「藤野さん、ご無沙汰してます」

「こんにちは。先日は、ありがとうございました」

「いえいえ、とんでもない。こちらこそ、休憩中に申し訳ありません」

厨房を出て男を迎えると、隼斗が子供達を椅子から降ろして男の方に促した。子供達は、最初は隼斗の脚に隠れるようにしていたものの、男がしゃがみ込んで笑いながら手を伸ばしてやると、おずおずと前に出てきた。

「よし、じゃあ行こうか。友達がたくさんいる所だから、心配しなくていいよ」

そう言って二人の手を握った男が、立ち上がる。同時に、子供達が揃って隼斗を見上げた。そして、幾分寂しそうに手を振る。

「お兄ちゃん、またね」

「またね」

「ああ。また顔を出すから、元気でな」

隼斗が手を振り返すと、子供達が柊也の方を見る。

「ごはん、おいしかったです」

「ありがとう。また、来られるようになったら、来てね」

事情はわからないもののそう言った柊也に、子供達が笑顔で頷く。そうして男と子供達を見送ると、さて、と隼斗を見た。

てしまう。

「あれが、君がお腹を空かせてた原因？」

「まあ、それだけじゃないけど」

視線を逸らした隼斗がどこか気まずそうで、照れているのだとわかり思わずくすりと笑ってしまう。

「……たまに、あっちの世界から子供が迷い込んで来ることがあるんです」

ぽつりと呟いた言葉に笑みを消して隼斗を見ると、眉間に皺を寄せた隼斗が続けた。

「子供はまだ、力が不安定で。大きな力を持っていると、意図せずにこちらの世界に来る道を開いてしまうことがあるんです。だけど、きちんとした手順を踏んでいないから、事故も多くて……最悪、誰にも保護されずに戻れなくなってしまう子供もいる」

それだけじゃなく、育てられなくなった子供をわざとこちらに送ってくる獣人すらいるのだという。

「……――」

「あの子達は、幸い早い段階で見つけることができたから、力が落ち着いたら向こうに帰す予定です。それまでは、灯さんが運営している施設に入ってもらうことになってるので」

「そっか。じゃあ良かった」

ほっとして息をつくと、あまり表情は変わっていないものの、隼斗がどこか寂しそうに見えてしまい手を伸ばす。色々な問題があるのは、どちらの世界でも同じだ。あちらの事情をよく知らない柊也ができるのは、食事を出すことと、目の前にいる隼斗に声をかけることだけだった。

「え？」

「優しいね、君は」

目を細め柔らかな髪を撫でると、徐々に隼斗の表情が唖然《あぜん》としたものになる。

「ん？　どうかした？」

思わず、といった様子で隼斗が後退《あとずさ》り、撫でていた髪が離れていく。いえ、と目を逸らした隼斗が、幾分挙動不審な様子でこちらに背を向けるのを、首を傾げて見遣った。

柔らかな感触がなくなった掌に少し物足りないような残念なような気持ちになりつつ、先ほどよりは元気になったように見える隼斗の姿に、まあいいかと話を続けた。

「それにしても、あの子達、可愛かったなあ。あのふわふわの兎耳。折角だから、少しだけ撫でさせてもらえばよかった」

二人の垂れ耳は、ご飯を食べながら時折ぴくぴくと動いており、撫でたくてうずうずしてしまったのだ。そう言うと、ようやくこちらを振り返った隼斗が溜息交じりに告げる。

「それ、子供相手ならいいけど、大人には言わない方がいいですよ」

「え？　いやまあ、大人相手に撫でさせて、はさすがに失礼だから言わないけど」

「……俺は子供扱いか」

がくりと肩を落としながらの言葉は柊也の耳に届かず、え、と聞き返される。だが、なんでもないです、と言った隼斗はさっさと厨房に戻り皿を洗い始めた。

「それより早く賄いを食ってしまわないと、時間なくなるよ」

「っと、そうだった！」

そうして慌ただしく日常に戻っていく中、隼斗の新たな一面を見たせいで浮き足立っていることに、柊也は自分自身気づいていなかった。


「えー。店長、休みの日も店にいるの？　遊びに行ったりは？」

夜の営業時間になり、客足はいつもと変わらなかったものの少し早めに客が引き始め、閉店時間が近づいた頃には、食べ終わった客数人がのんびりとお茶を飲む姿だけとなった。新規の客はもう来ないだろうと調理台を片付けながら、柊也は驚きとともにかけられた声に苦笑する。

「あんまりしないですね。新しいメニューを考えたりしていると、それだけで休みが終わってしまうことも多くて」

「そっかー。あ、でも新メニューには興味あるなあ。試食が必要だったらいつでも言って」

柊也の答えに、少し前から通ってくるようになった隼斗と同年代の獣人の青年客が楽しそうに告げる。

「ありがとうございます」

実際、昔からの常連客にはタイミングによっては試食を頼むこともある。機会があればとさらりと流した柊也に、青年がさらに続けた。

「あ、そういえば店長。ここバイト募集とかしてない？　俺、今バイト探してて……」

「食器、下げます。ちなみに、ここのバイト斡旋《あっせん》はうちの事務所が請け負ってるんで」

だが、青年の声を遮るように隼斗が横から口を挟み、青年の前に置かれた皿をトレイごと取り上げる。

「えー、青柳が？　なんで？」

「依頼を受けたからです」

不満そうな青年の声に、あっさりと隼斗が答える。事情を詳しく話すわけにもいかず、隼斗の話にそのまま乗せてもらおうと、柊也も苦笑した。

「今は、間に合ってますから。募集はしてないんです」

「ちぇ。っていうかさ、あんた、青柳のスタッフだよね。なんでここでバイトしてんの？」

「事務所から派遣されてます。仕事の一環として」

「……ふうん？　店長の恋人、とかじゃないんだ」

「……――っ」

意味深に告げられた言葉に、表情は変えないまま狼狽《うろた》えてしまう。なにか、隼斗に対しそんなふうに見える態度をとってしまっただろうか。店を開けている間は話す暇もないため、特別親しくするようなこともなかったはずだが。

だが、俯いたまま焦る柊也とは違い、隼斗は落ち着いた態度で青年客を見遣る。

「違います。店長に失礼なんで、妙な邪推は止めてもらえますか」

溜息交じりのそれに、青年が不快そうに目を眇める。

「は？　なんであんたに、そんなこと言われなきゃならないんだよ」

突如剣呑《けんのん》になりかけた空気に、カウンターの端でこちらものんびり食後のお茶を飲んでいた鳥海が声を挟んだ。

「君の価値観を人に押しつけないようにってことだよ、若者君。店長のことをよく知らない人が聞けばどう思うか、考えなさい。迷惑を被るのは店長だよ」

そもそも自分のプライベートについて、知らない人間にあれこれ探られた上に出任せを言いふらされたら、良い気持ちはしないだろう。淡々とそう続けた鳥海に、気まずそうに目を逸らした青年が席を立った。

「……ごめん」

「またお待ちしてます」

謝罪とともに差し出された小銭を受け取ると、苦笑しながらそう告げる。足早に店を出て

行った青年を見送ると、静かに場を収めてくれた鳥海に目礼した。

そうして片付けを続けながらも、柊也の頭の中では『恋人』という言葉がぐるぐると回り続ける。今までそういったことに興味がなく、実のところ、誰かと付き合ったこともあまりなかった。せいぜい学生時代に告白されて、デートの真似事《まねごと》のようなことをしたくらいだ。

(恋人……、隼斗君と?)

同性とそんなふうになること自体、柊也には考えが及ばなかった。だが、そういう可能性もあるのだと思うと、これまで以上に落ち着かなくなってしまう。

隼斗のことが恋や愛という意味で好きなのだろうか。そんなふうに自問自答するが、よくわからないというのが正直なところだった。

好意は、確かに持っている。最初は、見かけによらない生真面目さや律儀さが可愛く、弟のような感覚だった。だが、何度も助けられるうちに、一緒にいて誰より安心できる――信頼できる存在になっていた。一方で、触れられる度にどきどきして叫び出したくなってしまう。

(だけど、……キスのせいで、自意識過剰になってるだけかもしれないし)

慣れないこと続きで、親切にしてくれている隼斗への感謝を錯覚しているだけかもしれない。というより、そんなふうに思われること自体、助けてくれている隼斗にとっては迷惑かもしれない。

迷惑、という言葉が浮かんだ途端、ずんと気持ちが沈む。

そもそも、隼斗が同性を恋人のような対象にできるのかもわからないのだ。柊也とて、隼斗を相手に考えたらどきどきするが、他の人ではあまり想像ができない。

(ややめやめ、今は、それどころじゃない)

それでなくとも隼斗には迷惑をかけてしまっているのだ。たとえ、隼斗のことをそういった意味で好きなのだとしても、力をコントロールできるようになる方が先だった。

今は、まだ。心の中でそう言い聞かせながら、柊也はそっと唇を噛んだ。

『一つ、仕事の相談があるんだけど。いつでもいいから少し時間をとってもらえないかな』

そんな言葉とともに渡された名刺を脳裏に浮かべ、柊也はどうしようかと逡巡する。

名刺の持ち主は鳥海だ。トラブルになりそうだった場を収めてもらった礼を会計時に改めて告げると、そんな言葉とともに再び名刺を渡されたのだ。裏には、青柳サービスを紹介してくれた時と同じく携帯番号と、電話に出られる時間帯が書かれていた。

『都合は、そちらに合わせるよ。さほど時間はとらせないから』

はあ、と言って名刺を受け取ったのは、差し出すタイミングが絶妙だったせいだ。ついうっかり手を出してしまった。それに、先日から鳥海には度々助けられており、話を聞くくらいならいいかと思ったせいもある。

「仕事の相談、か。なんだろう」

名刺には、鳥海の名前と、会社名が書いてあった。先日もらった時はあまりよく見ずに片付けてしまっていたが、そこには見覚えのある会社名と代表取締役社長という肩書きが並んでいたのだ。

「でもあそこが持ってるのって、高級レストランばっかりだったよな……」

銀座《ぎんざ》や青山《あおやま》、そして外資系ホテルなどに入っている高級レストラン。それらの母体となる運営会社が、確かこの会社だったはずだ。というか、どうしてそんな会社の社長が、こんな寂れた定食屋に食事に来ているのか。その上、仕事の相談があるという。

（謎だ……）

そんなふうに思いながら厨房で夜営業の仕込みをしていると、店の入口が開く音がする。

「柊也さん、買い出し行ってきました」

「ごめん、隼斗君。ありがとう」

入ってきたのは隼斗で、手には買い物袋を下げている。昼営業で出した小鉢が一種類早めになくなってしまい、代わりを作るのに追加の食材を買ってきてもらったのだ。

今日は、午後の一コマ目までで講義が終わったらしく、昼営業が終わった頃に顔を出してくれていた。

「いえ。なにか手伝えることはありますか？」

「じゃあ、悪いけどジャガイモの皮、むいてくれる？」

「わかりました」

最近では、片付けだけでなく下準備まで手伝ってもらうことも多くなり、これでは本当に隼斗の仕事が終わった時が怖いなと内心で苦笑してしまう。

厨房に入ってきた隼斗は買い物袋を置くと、柊也が指示した分のジャガイモをストッカーから取り出して籠に入れる。そして手洗いと消毒を済ませて柊也の隣に立ち包丁で手際よく皮をむき始めた。

狭い厨房内で必然的に近くなる距離にどきどきしながら、柊也も仕込みを続ける。今日は、昼営業で肉定食である青椒肉絲《チンジャオロウスー》が思った以上に出たため、追加で食材を準備しておく必要があった。

自然解凍しておいた豚肉を冷蔵庫から取り出し、手早く細切りにして保存用のバットに入れていく。各定食とも、一日の上限数は決めているため、準備した食材がなくなったら終わりにしていた。とはいえ、数を読むのはなかなか難しく、今でもまだ思った以上に出たり余ったりすることは多々ある。

やがて仕込みが一段落し、夜営業が始まるまで休憩しようと隼斗を座らせお茶を淹れていると、不意に店の入口が開く。そこに立っていたのは、隼斗よりもさらに年下だろう小柄な青年とそれに付き添うように立つスーツ姿の男だった。

「すみません、まだ準備中で……」

「いた、隼斗……！」

厨房の中からかけた柊也の言葉を遮り嬉しそうな声を上げ、青年がカウンター席に座る隼斗へ一目散に駆け寄っていく。

「葛《かずら》……？」

そんな青年の身体を、どこか茫然とした様子で受け止めた隼斗が、だがすぐに我に返ったように椅子から降りて立ち上がった。

「なんで、葛がここに……」

「もちろん、隼斗に会いに来たに決まってる。久し振り！」

そうして無邪気に隼斗へ抱きつく青年の姿に、胸の奥がちくりと痛む。同時に、ふと視線を感じて入口を見遣ると、青年に付き添っていた男がこちらへ頭を下げてきた。

「お騒がせして、申し訳ありません」

「いえ、ええと……」

誰に、なにを尋ねればいいのか。突然のことに、男から青年、隼斗へと順番に視線を向けると、隼斗が申し訳なさそうに柊也へ頭を下げる。そして、わずかに躊躇うように自分に抱きついている青年の両肩を押して、そっと身体を離した。

「すみません。昔の……友人で。葛、悪いが今は仕事中だ」

「……——」

だが青年は、拗ねたような——悲しそうな表情で口を噤み、隼斗を見上げる。訳ありなのだろう。そう思いながら、余計なお世話かもしれないとは思いつつ、放置もできずに口を挟んだ。

「隼斗君。なんなら、話してきていいよ？　上、使ってもいいし」

部外者である自分には聞かれたくないこともあるだろうとそう促せば、隼斗は一瞬押し黙った後、すみませんが、と続けた。

「ここで、話をしても構いませんか？」

「俺は大丈夫だけど……」

言いながらちらりと青年を見ると、隼斗が「葛」と再び声をかける。すると、仕方なさそうに青年が頷いた。そうして、隼斗が座っていた席の隣に腰を下ろす。

「じゃあ、お茶淹れるから。そちらも、どうぞ」

「失礼致します」

入口に立っている男に声をかけると、折目正しく頭を下げ、隼斗達が座る席から少し離れた席に座った。

「とりあえず、紹介します。柊也さん、こっちが笹井《ささい》葛。向こうでの、友人です。そして、

「そっちが……」

「波田《はた》です。葛さんの世話役のようなものです」

「はあ……。ええと、店主の藤野です」

よろしくお願いします、と男――波田から頭を下げられ、流れで自己紹介をする。その間も青年は、面白くなさそうな表情で柊也を見ていた。

（わかりやすいなあ……）

青年――葛は、隼斗のことが好きなのだろう。なぜ、初対面の柊也がこれほど睨まれているのかはわからないが、久し振りに会った隼斗に仕事を優先されたことが面白くないのかもしれない。

柔らかそうな金色の髪と、碧色《みどりいろ》の瞳。透き通るような白い肌といい、小さな顔にバランス良くパーツが収まった容貌といい、美青年という言葉はこういう子のためにあるのだろうなと内心で呟く。大きく、ややつり目気味の瞳には、負けず嫌いなのだろうと思わせる明確な意志の強さがあった。柊也より身長も低く、華奢さも相俟って、小動物という印象がぴったりだった。

一方で、付き添いの波田は、隼斗と同じくらいの長身にスーツを隙なく着こなしており、どこか底知れぬ印象を受けた。シルバーフレームの眼鏡《めがね》の奥にある切れ長の瞳は、理知的であると同時に冷徹さが滲《にじ》んでいるような気がした。

（……あ、もしかして、この子）

不意に、ある可能性が脳裏を過る。だが、それを表情には出さないまま、三人分のお茶を淹れてそれぞれの前に置いた。

「ありがとうございます」

礼を言った波田に、いえ、と返し、さてどうしようかと悩む。席を外そうかとも思ったが開店までそれほど時間があるわけでもない。それに、もし隼斗が自分に聞いて欲しくないと思っていれば場所を移すだろうから、逆にいた方がいいのかもしれないと思う。

とりあえず、と、自分の分もお茶を淹れ話の邪魔にならないように黙っていると、隼斗が口を開いた。

「こっちには、どうやって？」

「波田に連れてきてもらった。……俺だけだと、無理だったから」

「そうか」

「本当は、あの時すぐにこっちに来たかったけど、親に止められて……。だから、二十歳《はたち》になったら来てもいいって約束を取りつけたんだ」

「こっちにも危険はある。獣人にとっては居辛い場所だ。また会えたのは嬉しいが、あまり長居しない方がいい」

ぽんぽん、と宥めるように隼斗が葛の頭を撫でる。そうして、躊躇いがちに続けた。

「身体は大丈夫なのか？」

その言葉に、顔を上げた葛は「うん！」と大きく頷く。

「平気。ぴんぴんしてる。後遺症も全くないし、傷もほとんど残ってない」

ほら、と前髪をかき上げ額を見せる。柊也がいる場所からちらりと見えたのは、額の右側にうっすらと走った傷痕。髪で隠れているそれに、隼斗が痛みを堪えるように目を伏せた。

「……あの時は、悪かった」

「あれは、隼斗のせいじゃない！　事故……、だったんだよ」

やはり葛が、以前、隼斗の言っていた――昔、あちらで傷つけた友人なのだろう。なにがあったのかはわからないが、恐らくそれが原因で、隼斗はこちらに来ることになった。

隼斗の様子からもっと取り返しのつかない状態だったのかとは思ったが、予想外に相手である葛が元気そうで安堵する。とはいえ、葛の傷痕と、後遺症という言葉が出てくる時点でひどい怪我《けが》だったのだろうということは、容易に想像がついた。

（事情がわからないから、なんとも言えないけど。隼斗君の様子じゃ、それだけじゃない気がするな……）

葛の怪我以外にも、なにかこちらに来る理由があったのかもしれない。そしてそれは、隼斗の罪の意識と直結している。

「あれが起こったのも、お前を巻き込んだのも、全て俺の責任だ。……だけど、お前が無事で本当によかった」

目を伏せ、だがひどく安堵した様子でそう呟いた隼斗に、葛は、泣き出しそうな表情で唇を歪める。そうして、隼斗の両手を取ると、ぎゅっと握りしめた。

「……――」

その姿を見ていたくなくてさりげなく視線を逸らすと、葛の声が耳に届いた。

「隼斗がこっちに来たのは、俺のせいでしょう? うちの親が……ひどいことを言ったから」

「それは……」

「でも! もう、大丈夫。あれは隼斗のせいじゃなかったって、うちの親も、みんなも言ってる。だから、一緒に帰ろう。隼斗の親も待ってるよ」

「……――」

その言葉に、目を見張る。突然の話に驚いていると、さして間を置かず隼斗の声が続く。

「悪いな、葛。俺の居場所は、もうこっちにあるんだ。だから、帰らない」

「隼斗!」

「やらなきゃならないこともあるしな。元気な姿を見られて、嬉しかったよ」

見ると、葛の手を外した隼斗が、優しい表情で笑っていた。そこにあるのは、ほんの少しだけ重荷を下ろしたような顔で、ほっとする。

「そんな……」

「葛さん、これ以上はお店にご迷惑がかかります。今日はこれで失礼しますよ」

さらに食い下がろうとした葛を、立ち上がった波田が、やんわりと――だが、有無を言わさぬ様子で遮る。きっと波田を睨んだ葛も、隼斗が引き留めることなく席を立ったことで、しぶしぶ立ち上がった。

「……また、来ていい？」

「仕事の邪魔にならない時ならな」

甘えるようにそう言った葛に、隼斗が仕方がなさそうに苦笑する。そして、一足先に外に出た波田が隼斗を呼んだタイミングで、葛がこちらを向いた。

「……――？」

視線が合い、なんだろうと思い首を傾げると、「ちょっと」と声がかけられる。明らかに睨まれているそれに、内心で苦笑しながら厨房を出た。

「なにかな？」

二十歳と言っていたから、年齢は一回り近く違うことになる。そんな相手に睨まれても特に腹は立たなかった。

とはいえ、葛の方は柊也の態度が気に入らないらしい。ますます眉間の皺を深めて呟いた。

「あんたが、シュウヤさん？」

「確かに、藤野柊也だけど。名前、誰から聞いたのかな」

「……清宮」

ぼそりと呟いたそれに、ああ、と頷く。

「隼斗は、絶対に連れて帰るから」

だが、すぐに続いた言葉に目を見張る。まるで、隼斗が帰らないのは柊也のせいだと思っているような雰囲気に戸惑いつつ、言葉を探す。

「……俺には、なんとも言えないけど。どうするかは、隼斗君が決めることだよ」

やんわりとそう言うと、さらに視線が忌々《いまいま》しげに尖る。だが、それ以上はなにも言わず、葛は踵を返して店の外に出た。

なんだったのかと、若干ぽかんとしつつも、葛が口にしていた言葉に気分が重くなる。

(隼斗君が、帰る……)

もし、そうなったら。隼斗とは会えなくなってしまうのだろうか。

店の外に立つ三人の姿をぼんやりと眺めながら、柊也は、胸に広がるもやもやにそっと溜息をつくのだった。

◇◇◇

「ん……っ」

柔らかな舌と、甘い声。縋《すが》るように腕を摑《つか》む、細い指の感触。それらにぞくりとした快感を覚えながら、隼斗《はやと》はそっと合わせていた唇《くちびる》を外す。

濡《ぬ》れた唇を指先で拭《ぬぐ》ってやると、柊也《しゅうや》が、とろんとした瞳で隼斗を見つめてくる。無防備なその表情に、全てを奪い尽くしたい衝動が込み上げ、だがそれを無理矢理に理性でねじ伏せた。

「ご、めん……。また、やっちゃった……」

「いえ。大丈夫ですか?」

ふ、と熱を持った息を吐き出しながら、柊也が目を伏せる。力が入らず崩れそうになっている身体《からだ》を腰《こし》に回した腕で支え、乱れた前髪を指でそっと梳《す》くと、びくり、とかすかに身体が震えるのが伝わってきた。

熱を持った柊也の頰《ほお》がさらに赤くなり、同時に気まずそうな表情になるのを、隼斗はじっと見つめる。

「大丈夫……。今日は、上手《うま》くいくと思ったんだけどなあ」

少し落ち着いて来たのか、はあ、と落ち込んだように柊也が溜息《ためいき》をつく。促してダイニングに向かうと、静かに椅子《いす》に座らせた。

柊也の自宅で寝泊まりするようになって、基本的に、力のコントロールの訓練は家ですることにしていた。そちらの方が、訓練後ゆっくりできるからだ。

「お茶淹《い》れて来ますから、休んでて」

「うー、ごめん。ありがとう」

テーブルの上に突っ伏した柊也の髪を軽く撫《な》で、お茶を淹れるためにキッチンへ向かう。

お湯を沸かすためにやかんを火にかけると、冷蔵庫からほうじ茶の茶葉を出し、二人分の湯《ゆ》呑《の》みを準備する。

（……やってしまった）

柊也には見えない位置で顔を伏せ、細く溜息をつく。必要以上に長くキスしてしまったことに罪悪感を覚え、だが、唇に残る柔らかな感触に身体の芯が疼《うず》いた。

あのまま、あの細い身体を抱き締め、貪り尽くせたら。回を追うごとにそんな衝動が強くなり、だが、必死に抑えつけているのだ。それでも欲望が抑えきれず、キスが執拗《しつよう》になってしまっている自覚はあった。

柊也は、どう思っているのだろうか。そう想像を巡らせ、溜息を重ねる。

同性である自分にキスされることに、生理的な嫌悪感はないように見える。人助けだと思ってはいるだろうが――事実そうではあるが、拒絶する素振りがないのがせめてもの救いだった。

（だからって、それにつけ込んでなにをやってるんだ俺は……）

腰にわだかまりそうになる熱を気を逸《そ》らして散らしながら、お湯が沸くのを待つ。

柊也との同居は、予想以上に我慢を強いられる生活だった。いかんせん、柊也が無防備すぎてつい手を出してしまいそうになるのだ。先日も、リビングの座卓で作業をしながら居眠りをしているから、寝顔の可愛《かわい》さに触れずにはいられなかった。

それくらい自分のことを信用してくれているのだと思えば嬉《うれ》しいが、逆に意識されてもいないのだと思えば落ち込んでしまう。

（あの人にとっては、弟みたいなものなんだろうな）

たまに、ひどく優しい顔で頭を撫でてくる。それ自体が嫌なわけではなく、触れられて嬉しくはあるのだが、男としては微妙だった。

（とはいえ、今の状態の方が訓練がやりやすいのは確かなんだよな）

それに、仕事としてここにいる以上、線引きは必要だ。理性が崩壊しそうになる度に、自分にそう言い聞かせている。柊也に警戒され、訓練ができなくなってしまう方が問題だ。

五感のコントロールは、問題なくできるようになってきている。今では、指輪を外してもいきなり暴走することはない。もちろん、隼斗が傍《そば》にいるという前提ではあるが。

ただ、料理に対する力の影響はまだ抑えられておらず、指輪を外した状態で作ったものは人間相手ならともかく、獣人《じゅうじん》に食べさせられるものではない。相手によっては変に力が増幅してしまい、下手《へた》をすると暴走させてしまいかねない。

（こっちだと、勝手が違いすぎるしな）

柊也のように五感を制御できない者はさすがにいないが、つい癖で力を使おうとしてしまった時にその力が普段より増していれば、制御できずに暴走させてしまうだろう。そうなると周囲にいる人間を傷つける危険があり、だが、そもそも並みの力の獣人では清宮《きよみや》が扱う封じを持たない。

柊也が力を上手くコントロールできるようになれば、むしろこちらに来て間もなく、力の制御が危うくなった獣人に料理を食べさせることで、封じがなくとも力を安定させられるようにすらなるかもしれない。

現に、先日店に連れて行った子供達は、こちらに来た途端力の制御ができなくなり――まだ幼いため強い封じもかけられず、身体の中で暴走する力に苦しんでいたのだが、柊也の料理を食べた後に力が上手く安定したらしい。

指輪を身につけている状態であれば過度な影響は出ないことはこれまでの日々で確認できているため、次のステップへ進むつもりで食べさせてみたのだが、幼い分、余計に効果があったようだ。

「……隼斗君？　お湯、沸いたみたいだけど」

ふと声をかけられ我に返ると、確かにやかんから湯気が溢れていた。慌てて火を止め、お茶を淹れるとダイニングテーブルへ運んだ。

すると、先ほどよりは回復したらしい柊也が、見覚えのある名刺を指先で持ちなにやら考え込んでいた。

「柊也さん？」

二人分の湯呑みをテーブルの上に置くと、柊也の向かい側に座る。すると、「うーん」と唸《うな》っていた柊也が、名刺をテーブルの上に置いてこちらに見せてきた。

「鳥海《とりかい》さんが言ってた仕事の話って、なんだろうなと思って。明日聞くことにはなってるけど、どうにも思い当たらなくて」

「ああ……。まあ、あの人は考えてること自体、いまいちよくわかりませんし。悪い人ではないと思いますけど」

幾分棘《とげ》のある言い方になってしまった自覚はあり、言い訳のように付け加えると、不思議そうな顔をした柊也が首を傾《かし》げた。

「……？　隼斗君、もしかして鳥海さん苦手？」

「得意な人の方が少ないと思います」

腹の底でなにを考えているかわからない相手は、誰だって苦手だろう。そう思いながらの台詞《せりふ》に、だが、柊也はきょとんとしていた。

「そうかな。親切な人だなとは思うけど。ああ、あとやり手な感じはするね、確かに」

それは、柊也相手だからだろう。心の中でついそう突っ込んでしまう。絶対にあの男は柊也を狙っている。隙あらば恋人にしようという意味で。それは、確信に近い予想だった。

（しかも、柊也さん懐柔され気味だし……。本当に油断ならない）

そんなことを考えていると、でも、と柊也が続けた。

「隼斗君が一緒に聞いてくれるのは心強い。ごめんね、学校もあって忙しいのに」

「いえ。空いてる時間帯にしてもらったので、それは構いません。まあ、役に立つかはわからないけど」

「客観的な意見がもらえるのは助かるよ。隼斗君、しっかりしてるしね」

にこりと笑った柊也に、頼ってもらえる嬉しさがじわりと胸に滲《にじ》む。元々、柊也はあまり人に頼ることがない。自分にできることを、できる分だけ。そう考え、実行する人なのだということは、出会ってすぐにわかった。だから、店の手伝いもやや強引に始めたのだ。

けれど最近では、隼斗に対して謝りつつも頼みごとをしてくれることが多くなってきた。それだけ、柊也にとって自分が気の置けない存在になっているような気がして嬉しいのだ。

「責任重大ですね。……あの人のことですから、柊也さんにあまり変な話は持ってこないと思いますが。必要であれば、事務所の方で調べます」

「うん。その時は、ちゃんと依頼するから。よろしくお願いします」

ぺこりと頭を下げた柊也と顔を見合わせ、互いにくすりと笑い合う。

何気ない、穏やかな時間。まさか、こんな時間が自分に訪れるとは思わなかった。柔らかな香りのお茶を口に運びつつそう思い、だが、ふと脳裏に過《よぎ》った涙に濡れた幼い子供の顔にぴたりと手を止めた。

（……俺も、随分薄情だな）

いつも思い出していたその顔を、柊也に出会ってから考えない時間が増えたのに気づいたのは、つい最近のことだ。その事実に思い至った時、自分自身に嫌気が差した。

――あの時のことは、決して忘れてはいけないのに。

「……隼斗君？　どうかした？」

どこか心配そうな表情でこちらを覗《のぞ》き込んでくる柊也に、なんでもありません、と笑いながら答え、隼斗はそっと手の中の湯吞みを握りしめた。


「返事は急がないから考えてみて。じゃあ、今日はこれで」

「あ、はい。ありがとうございます」

穏やかな笑みを浮かべて店を後にした鳥海を見送り、入口の扉を閉めると、柊也が困ったような顔で隼斗の方を振り返る。

翌日、夜の営業時間が始まる一時間前に店にやってきた鳥海は、柊也に「ちょっとした提案なんだけど」という言葉とともに仕事を持ちかけてきたのだ。

「どう思う？」

「……全くの嘘《うそ》ではないでしょうね。実際、その問題はありますから」

溜息を堪《こら》えながらそう告げると、柊也は考え込むように押し黙った。前向きに検討しているのだろう。表情からそれを悟ると、柊也に見えないようそっと目を眇《すが》めた。

鳥海の話は、隼斗が密《ひそ》かに危惧していた内容——柊也の力を目当てにした取引だった。

『この店への資金援助を条件に、仕事を手伝って欲しいんだ』

そう切り出した鳥海に隼斗はぴんときたのだが、柊也は想像もつかないといった表情をしていた。自分が、鳥海の仕事のなにを手伝うのか。首を傾げていた柊也に、鳥海はいつもの笑みを絶やさずに続けた。

『頼みたいのは、お弁当作り。もちろん、諸々《もろもろ》許可なんかも取ってもらうことになるから、手続きに必要なものはこちらで揃《そろ》える。店との兼ね合いもあるだろうし、スタッフが必要なら手配もさせてもらうよ』

『……お弁当?』

ますますわからないと言った声で、柊也が繰り返す。

『いやでも、うちみたいな定食屋で弁当って……、どうするんですか? たいして売れるとは思えませんし』

確かに、駅近くの会社の人達などは来るが、中途半端な位置にあるため、食べて帰るならともかく弁当をここまで買いに来る人はそういないだろう。だが、そんな柊也の疑問を鳥海はあっさりと否定した。

『いやいや。対象は、店のお客さんじゃなくて、獣人の……主に子供達なんだ』

『獣人の子供？』

『そう。こちらに迷い込んでくる獣人の子供がいるっていう話は、聞いたことがあるかな』

『ああ、はい。この間、少しだけ隼斗君から』

『そういった子達を集めている施設があってね。まずは、そこへ卸すための弁当を作って欲しいんだ』

まあ、ほとんどボランティアのようなものではあるけれど。そう言った鳥海に、柊也は驚いたように目を見張っていた。

『ですがそれなら、私でなくても。それに、鳥海さんの方に利益が出ないのであれば、資金援助をしてもらう条件はおかしくないですか？』

そう言った柊也に、だが、鳥海は『そんなことはないよ』とあっさり告げた。

『れっきとした慈善事業だから、会社のメリットはちゃんとあるよ。援助する資金は、君の良識の範囲で好きに使ってくれて構わない。この店も、随分年数が経っているようだから、耐震性なんかも問題になってくるだろう？』

『……――』

押し黙った柊也に、それまで口を閉ざしていた隼斗は堪えきれず呟《つぶや》いた。

『この人の力を、自分の商売に利用しようってことですか』

『まあ、言い方は悪いけどそうだね』

悪びれる様子もなく肩を竦《すく》めた鳥海は、真《ま》っ直《す》ぐに自分を見る柊也を見遣《みや》り、にこりと笑った。

『君の力が、獣人の子供の力を安定させたって聞いてね。今まで、それでトラブルになる場合もあったから、ぜひ協力してもらえないかと思ったんだ』

子供の場合、力を制御する感覚が未熟なため暴走させてしまうことが多い。ならば、定期的に柊也の弁当を食べることで力を安定させ、その感覚を肌《はだ》で身につけて欲しいということらしい。

『全員が全員に効果があるとは限らないから、慎重に進める必要はあるけど。少なくとも普段ここで食べさせてもらっている料理であれば大丈夫じゃないかな』

『……俺には、その効果っていうのがよくわからないんですが』

『そこは、隼斗君も保証すると思うよ。彼が気に入らないのは、君の力を利用して商売をするっていう部分だけだろうから』

ちらりと柊也の視線がこちらに向き、隼斗は面白くないながらも頷《うなず》いた。

まだ構想段階だから、今日は話の触りだけにしておくけど、興味を持ってもらえたら詳細な企画書を渡すよ。そう言って、鳥海は帰っていったのだ。

「獣人の子供って、この間の子達みたいな？」

「そうです。子供相手には、俺達みたいな強い封じは使えないので。潜在的に強い力を持つ子供がこっちに来ると、大変な場合があるんです」

「そっか……。でもそれって、本当に鳥海さんのメリットになるのかな？」

首を傾げた柊也に、隼斗はそれはわかりませんときっぱり告げた。

「あの人が自分で言うとおり、ボランティアのようなものでしょうね。ただ、大きい会社であれば、慈善事業がそのまま宣伝になるということはあると思います」

とはいえ、恐らく、初期投資や柊也への援助はほぼ鳥海の持ち出しとなるのだろうと、うっすら予想する。幾ら鳥海といえど、会社全体に獣人のことを周知しているわけではあるまい。せいぜい、自分に近い立場の人間にだけだろう。

獣人の子供達を相手にするのであれば、会社単位で動くには規模が小さすぎる。恐らくそこを足がかりにして、さらに大きい計画を立てるつもりなのだ。

(完全に、この人を取り込みにかかってるな……)

多分、柊也はそこまでは考え至っていないだろうが。先ほどの鳥海の余裕のある表情に苛《いら》立《だ》ちを覚えながら、だが、絶対に止めた方が良いと言えない自分に歯嚙《はが》みしたくなる。

柊也の傍で店の手伝いをしていたからこそわかるが、やはり、定食屋の経営自体はなかなか厳しいものがある。常に収支はトントンくらいのため、店内の改装などに回せる資金がないのだ。

先ほど鳥海が言及した耐震性についてはまさに悩みの種で、実際に、その辺りがそろそろ問題になりそうだから、と業者には言われているそうだ。

『借り入れも、できなくはないんだろうけど』

返済計画が余裕を持って立てられない以上、踏ん切りがつかないのだと苦笑していた。

そういった面で、鳥海の話は決して悪いものではない。

（本当に、ああいうところがむかつくんだ……）

独りごちながら、でもなあ、と柊也が溜息をつくのに視線をやった。

「弁当を作り始めたら、店の方が疎かになっちゃうだろうし。うーん」

背中を押すようなことは言いたくないが、黙っているのもフェアではないと、仕方なく口を開く。

「子供用ですし、数も量も、さほど多くはないはずです。それに、定期的にとは言ってましたが毎日とは言っていなかったので、せいぜい週に一回とか月に数回程度の想定だと思いますよ。であれば、店にもさほど影響は出なくてすむと思います。いざとなれば、弁当を作る時だけヘルプを頼むという手もあります」

「ああ、そっか。その手があるか」

ぽん、と手を叩《たた》いた柊也が隼斗の方を見ると、にこりと笑う。

「やっぱり、隼斗君に一緒に聞いてもらってよかった。ありがとう」

前向きに考え始めたのか、明るい表情をしている柊也に、やっぱり止めた方がいいという言葉が喉《のど》まで出かかるが呑み込む。

「とはいえ、まだ力のコントロール自体、隼斗君がいないとできないしなあ」

「……料理は作れるようになってるから、進歩です」

「驚くとすぐに集中力が切れちゃうんだけどね」

苦笑したのは、先日のことを思い出したからだろう。調理中に急に電話が鳴り始め、集中が乱れてしまい、慌てて火を消そうと焦ったことでさらに力が制御できなくなってしまったのだ。

「うーん。受けるにしても、隼斗君に迷惑かけなくてよくなってからかなあ」

料理をするだけなら、今、店でしているように指輪を身に着けていれば大丈夫なのだが。

そう思いはしたものの、これ以上鳥海の思う壺にはまるのは業腹《ごうはら》で、悩む柊也をそのままに隼斗は口を噤《つぐ》んでいた。

◇◇◇

あ、猫だ。うん、それっぽい。

店の厨房《ちゅうぼう》に立ち、一人でうんうんと納得したように頷く柊也に、カウンター席の前に立つ隼斗が訝《いぶか》しげな表情で「柊也さん？」と名を呼ぶ。それにはっと我に返ると、ごまかすように笑ってなんでもないと手を振った。

「こっちは大丈夫だから、話しててていいよ」

「ほら、いいって言ってるじゃん」

柊也の声に被《かぶ》せるように声を上げたのは葛《かずら》だ。実はあれから、毎日夜の営業が終わり片付けを始めた頃に店にやって来ては、ああして隼斗を捕まえているのだ。

当初は、仕事があるからと隼斗も追い返そうとしていた。だが、元々全て一人でやっていた仕事量ではあるし、一応客のいる時間は避けようという葛の気持ちも汲《く》んだ柊也が口添えしたことで、ああして片付けが終わるまでの間相手をするのが日課になっていた。

話の内容は、当然のことながら隼斗を連れて帰ろうと説得するもので、断る隼斗とのやりとりが毎回堂々巡りになっている。

そんな二人の会話を、いつも通り厨房の掃除をしながら聞くともなしに聞いていたのだが、頑として頷かない隼斗にヒートアップしたのか、先ほど突如、葛の頭と背後に猫の耳と尻尾《しっぽ》が出てきてつい納得してしまったのだ。

（あの毛を逆立ててる感じとか、そのまんまだなあ）

葛に嫌われている自覚はあるため、見られないように顔を伏せながら頬を緩める。

（そういえば、波田《はた》さんはなんの種族なんだろう）

そして、いつも葛と一緒に来ては店の外で待っている男の姿を思い出したところで、葛の声が思考に割り込んできた。

「じゃあ、せめて俺がこっちにいる間に遊びに行こうよ。折角来たんだから、案内して」

「……学校と仕事があるから、悪いが無理だ。波田も一緒に来てるんだから、付き合ってもらえばいいだろ？　あいつなら、こっちにも詳しいだろうし」

「あんなのと一緒に行っても楽しくない！」

腹を立てたように騒ぐ葛を、隼斗が「こら」と窘《たしな》める。

「あんまり大声を出したら近所迷惑だろ」

「……――」

完全にふてくされた葛を困ったように見遣り、隼斗が溜息をつく。

幼い頃からこんなやりとりをしていたんだろうなというのが容易に想像でき、微笑《ほほえ》ましいと思う一方で、自分の知らなかった隼斗の一面に面白くないと感じてしまう自分もいた。

隼斗は、総じて葛には甘い。昔のことがあるせいかもしれないが、あまり葛に強くは言えないようだった。どちらかというと、仕方がないと諦め隼斗の方が先に折れてしまっている。

それでも、一緒にあちらに帰ろうというそれだけは、頷かないでいるようだったが。

（葛君のこと以外だと、ご家族のこととかかな……）

葛が元気だとわかっても――また、昔のことに拘《こだわ》っていないとわかっても頑《かたく》なに帰ろうとしないのは、それとは別に原因があるからだろう。

隼斗が帰らないと言っていることに安堵《あんど》する自分と、そんな隼斗を心配する自分。そして、事情を知らないせいで蚊帳《かや》の外に置かれてしまっていることに苛立ちを感じてしまう自分。複雑な感情が入り交じり、柊也はそっと溜息をついた。

(聞いたら、教えてくれるかな……)

そんなことも考えるが、人の過去に関することを――しかも、隼斗にあれほど暗い瞳をさせる出来事を、進んで聞こうという気にはなれなかった。誰にでも、思い出したくないことはあるのだから。

やがて店に重苦しい沈黙が流れ始め、柊也が黙々と掃除をする音だけが響く。調理台前の床に水を流しブラシで汚れを落としながら、どうしようかなと逡巡《しゅんじゅん》した。

遊びに行こうというそれすらも断っているのは、恐らく、柊也のことがあるからだ。以前襲われた時から、隼斗はできるだけ――暗くなってからは特に、柊也を一人にしようとしない。とはいえ、幾ら仕事とはいえ四六時中縛り付けてしまうのは申し訳なく、折に触れては休みをとって欲しいと告げていた。

(俺のことは気にしないでって、声かけようかな。でも、余計なことだったら悪いし)

逡巡した末、言うにしても葛が帰ってからの方がいいだろうと結論づけ、掃除を済ませてしまうことに集中する。すると、じゃあ、と苛立ったような葛の声が聞こえてきた。

「あの人も一緒に！　それならいいでしょ？」

「は？」

嫌な予感がして顔を上げると、ふてくされたようにこちらを指差す葛と、驚いたようにこちらを見る隼斗の姿があった。視線が合った隼斗に、一体なにが、と問おうとしたところで再び葛の声が割り込む。

「あの人のところで仕事してて休みがとれないなら、あの人も連れてくればいいじゃん」

いや、そういう問題じゃないだろう。心の中で突っ込みながら、このままでは一緒に連れ出されてしまうと、慌ててかぶりを振った。

「いや、俺のことはいいから。隼斗君、行ってあげて」

「……――」

だが、なぜか考えこむような素振りを見せた隼斗が「そうだな」と呟いた。

「柊也さん、出掛けましょうか」

「は？」

隼斗のまさかの反応に唖然《あぜん》とし、ついぽかんと目と口を大きく開いてしまう。そんな柊也を置いてけぼりにしたまま、葛の「じゃあ決まり」という言葉で全てが決定されてしまった。茫然《ぼうぜん》としている間に、日時と待ち合わせ場所が決まっていき、スケジュールの確認をされた時点で勢いに押されつい「大丈夫」と答えてしまう。

その時に予定があって無理だと言えばよかったのだと思いついたのは、嵐のように葛が店を去り、掃除が終わった後のことだった。


なんで、どうしてこうなった。

朝から何度も繰り返している自問を、柊也は再び心の中で呟く。うんざりした表情と溜息をどうにか押し隠しながら、隣を歩く隼斗を見上げた。

「あのさ。俺、やっぱり行かない方がいいんじゃ……」

後少しで待ち合わせ場所に着く頃になっても往生際悪く行かないという選択肢を提示する柊也に、だが、隼斗は気にした様子もなく大丈夫ですよと告げた。

「これも、訓練の一環だと思ってもらえば。実際、人混みの中で集中力を保つことも大切ですから」

それに、万が一の時に自分だけでなく波田もいれば対応しやすい。そう続けた隼斗に、柊也は今度は隠すことなく溜息をついた。

数日前、葛が遊びに行く先として無理矢理に約束を取り付けていったのは、都外にある大型遊園地だった。

自分が一緒に行くのはどう考えてもおかしい。自分のことはいいから、隼斗達だけで行ってくればいい。そうあの日以降何度も訴えてはいたが、結局聞いてはもらえなかった。

『家の中で指輪を外すのは慣れてきましたし、そろそろ人混みの中でも訓練をした方がいいかと思っていたんです。なので、ちょうどいいかと』

あっけらかんとした口調でそう言った隼斗に、それなら別に葛と遊びに行く時に被せなくてもと続けたが、なにかあった時に動ける人数が多い方が便利だからといなされたのだ。

（だけど葛君は、隼斗と二人で行きたかったんだろうし……）

どう考えても、自分は邪魔者だ。針の筵《むしろ》に自ら突っ込んで行くような姿しか想像できない状況で、憂鬱《ゆううつ》になるなという方が無理だった。

それに、二人が仲良く歩いている姿など、あまり見たくはない。

「折角の休みに、すみません。明日に支障が出ないよう早めに切り上げますから。少しだけ付き合ってください」

だが、苦笑しながらそう言われてしまえば、それ以上拒否はできなかった。そもそも葛の意図はともかく隼斗がここに連れてきたのは、柊也のためを思ってのことなのだ。

（いや、なにも今日この日のここじゃなくても……とは、思うけどさ）

それでも、はっきり断らなかった時点で自業自得なのだ。そう腹を括《くく》り、この状況も訓練のうちだと頭を切り替えた。

「指輪、隼斗君に預けといた方がいいかな」

「そうですね。ただ、外すのは俺が隣にいる時だけにしてください」

「ん、わかった」

そう言って、指輪をつけたネックレスを首から外し隼斗に預ける。最近では、指輪を外して歩き回るくらいなら、必死に構えなくてもよくなってきた。

「五感の方はそろそろ大丈夫だと思いますが、やばいと思ったらすぐに俺の手を握ってくださいね」

「了解」

深呼吸をし、よし、と気合いを入れたところで、遠くの方から葛が隼斗を呼ぶ声が聞こえてくる。見れば、入場口の列近くで、早くと言いたげにこちらに向かって手を振る葛の姿があった。元気いっぱい、といった様子に、つい本音が零《こぼ》れてしまう。

「若い子は、朝から元気だなあ」

しみじみと呟いてしまったその言葉に、隣から、堪えきれず吹き出す声が耳に届いた。

親子連れや友人、恋人同士。

多くの人々が行き交う光景を眺めながら、柊也は緊張で強張ってしまった身体から力を抜くため、深く息を吐いた。

視界に入るカラフルな世界は、まるで色とりどりの飴玉《あめだま》でも降ってきたようで、こういった場所がどれほど自分に無縁なのかを痛感する。そういえば、遊園地に来たのは生まれて初めてかもしれない。そんなことを思いながら、楽しそうな笑顔を浮かべる人々をぼんやりと眺めた。

園内には、エリアによって様々に異なる世界観が演出され、それに合わせた建物や乗り物が作られている。また、それぞれのエリアごとにキャラクターもいるらしく、着ぐるみがそこかしこを歩いていた。時間によっては、パレードなどもあるらしい。奇妙なほどに現実味がないその光景は、ふわふわとした夢の中にいる錯覚さえ起こさせた。

「大丈夫ですか？」

視界にミネラルウォーターのペットボトルが映り、反射的に受け取る。

「あ、すみません。ありがとうございます」

ペットボトルを差し出してきたのは、今日葛とともに来ていた波田で、二人がけベンチの隣に腰を下ろした波田に頭を下げた。

「えっと、代金は……」

「構いません。ささやかですが、付き合っていただいたお礼だとでも思ってください」

淡々と告げた波田に苦笑しながら「じゃあ遠慮なく」とペットボトルに口をつけ、冷たい水が喉を潤す感覚にほっと息をつく。

遊園地に入り、葛に連れられるまま幾つかの乗り物に乗ったところまではよかったが、午後になる前に柊也の集中力に限界がきたのだ。隼斗から、そろそろ止めておきましょうと指輪を返されたところで力尽きてしまい、こうしてベンチの世話になっているというわけだった。

ちなみに隼斗は、いまだ元気いっぱいの葛に引き摺《ず》られてこの遊園地の目玉であるジェットコースターに並びに行ってしまった。しばらくは戻ってこないだろう。

『俺は、柊也さんと一緒にいるから、波田と一緒に行ってこい』

当初、隼斗はそう言い、疲れて動けなくなった柊也の傍についていようとしたのだが、葛がごねにごねたため、柊也の方から行ってきてと申し出たのだ。傍近くで葛を騒がせておく方が柊也の体調にも障《さわ》ると思ったのか、溜息とともに引き摺られていった。

「えーっと。波田さんも、よかったら適当に遊びに行ってください。俺は、当分ここで座ってますから」

こんな場所で遊ぶイメージは全くないものの、ぼけっとしているだけの柊也に付き合わせるのも申し訳ないため、そう促す。が、案の定、表情一つ変えないまま波田は「お気遣いなく」と短く答えた。

「隼斗さんに葛さんのお守りをお願いしている間は、代わりに私があなたの傍にという約束ですので」

「……お守り」

葛の世話役だという波田は、葛の行動を進んで止めることはあまりないが、かといって甘いばかりでもないらしい。話をしていると、言葉の端々に葛に対する容赦のなさが滲み出ていた。

「じゃあ、あの。お手数おかけします」

「いえ」

「……そういえば、波田さんは、こちらの世界に来るのは初めてなんですか？」

一緒にいるのに黙って座っているのも気詰まりで、思いついたことを聞いてみる。

ここへ来て改めて思ったのだが、波田は、こちらの世界での振る舞いに困る様子が全くない。滞在中に必要なものは清宮から渡されているらしいが、それでも、習慣など全く違う場所から来れば大なり小なり迷うこともあるはずだ。なのに、なにをするにも躊躇《ためら》いがない。それで、実は幾度か来ているのではないかと思ったのだ。

「いえ、仕事で何度か」

「ああ、やっぱりそうなんですね。なんだか、こちらに慣れているみたいだったので」

「いずれ、葛さんの付き添いで来なければなりませんでしたから。仕事で訪れた際、可能な限りの下調べは致しました」

「ああ……」

二十歳《はたち》になったら、隼斗を迎えに来る。葛は、隼斗がこちらに来たことを知った時からそう決めていたと言っていた。

（そっか。葛君のこと、可愛がってるんだなあ）

つまり、葛が決めたことを滞りなく遂行させてやるために、昔から準備をしていたということだ。そっけなさそうな雰囲気とは違い、意外と過保護かもしれない。そんなことを思いながら頬を緩めた。

「――葛君は、本当に隼斗君のことが好きなんですね……」

隼斗と葛。二人が並ぶ姿を想像し、ぽつりと呟いたそれに、波田が肯定も否定もしないまま話を微妙に逸らした。

「藤野《ふじの》さんには、葛さんがご迷惑をおかけしています。お仕事に影響が出ているようでしたら止めさせますので、遠慮なくおっしゃってください」

「ああ、それは別に……。来るのはいつもお客さんが帰った後ですし、片付けは一人でも特に問題はないので。それに、俺が隼斗君を拘束しているわけですから」

常識的な波田の態度にほっとしながら、苦笑する。葛が非常識とまでは言わないが、若さゆえの傲慢さはある。あれだけ葛に敵意を向けられていれば、葛の傍にいる波田も自分のことはよく思っていないだろうと想像していたが、たとえ本心がどうでも表に出さない程度の節度は持っているということだ。

「葛さんは、昔から隼斗さんに懐いていましたから。八年前、あんなことがあって隼斗さんがこちらに来てしまったのを知った時、珍しく塞ぎ込んでいました。その後は、ずっと隼斗さんを迎えに行くと言い続けていて、今回、ようやく念願叶《かな》ったので余計に力が入ってしまっているんです」

「八年前……」

そういえば、その頃に隼斗はこちらの世界にやってきたと言っていた。大切な家族と、友人を傷つけて。

(家族、か……)

「隼斗さんが、こちらに来た理由は？」

唐突に聞かれたそれに、かぶりを振る。

「いえ、詳しくは……。八年前、あちらで家族と友人を傷つけてしまったから、とは言っていましたが。友人っていうのは、葛君のことですよね」

「はい。今はああして元気にしていますが、当時は、命に別状はなかったもののひどい怪我《けが》ではありました」

「……そうですか」

「なにがあったのか、お聞きになりますか？」

淡々と告げられたそれに、ほんの一瞬逡巡したものの、やめておきますとかぶりを振る。

「本人がいないところで聞く話ではないですから。大切なことなら、なおさら。隼斗君が話していいと思った時に、話してくれれば十分です」

聞きたい、という気持ちは確かにある。だがそれは、他の誰かではなく隼斗の口から聞きたかった。

そんな柊也を、なにを考えているのかよくわからない無表情で見ていた波田が、唐突に質問を投げかけてくる。

「……藤野さんは、隼斗さんのことをどう思われていますか?」

「え⁉　……げほっ、ごほっ!」

予想もしないそれに、飲みかけていた水にむせてしまい、咳《せき》が止まらなくなる。

途切れ途切れにすみません、と言いながら口を塞いで咳を堪えていると、「大丈夫ですか」と、全くそうは思っていなさそうな平坦な声とともに波田が蓋を開けたままのペットボトルを引き受けてくれた。次いで、身体を丸めた柊也の背中を摩《さす》ってくれる。

「……すみ、ません。ありがとうございます」

どうにか落ち着いたところで、ふうと息を吐きペットボトルを返してもらうと、喉を潤した。

「えーっと。隼斗君、のことですよね」

「はい」

波田の質問はなかったことにはなっていなかったらしく、当然のように頷かれる。葛の世話役、という立場の人にどう答えようと一瞬悩み、だが結局は素直に答えることにした。

「……人のことばかり考えている、凄《すご》く、優しい人だと思います。俺自身、色々手助けしてもらってますし。もう少し、自分のことを考えてもいいんじゃないかなって思うくらい」

なんとなく照れくさくなり、あはは、と笑いながら早口になってしまう。

「そうですか。隼斗さんのこと、お好きなんですか?」

「……っ!」

だが、直球で指摘され、ぐっと言葉に詰まってしまう。明確な言葉にされると恥ずかしくなってしまい、じわじわと頬が熱くなるのがわかった。ふいと波田から顔を逸らし、少しの沈黙の後、ぼそりと呟いた。

「これからも、一緒にいられればいい、とは……思います」

ある意味、葛の主張と真っ向から対立する柊也の答えに、波田はそうですかと言うだけだった。

(なんで、急にこんなこと……)

予期せぬ質問に狼狽《うろた》えながらそう思っていると、ふと、波田が口を開いた。ならば難しいかもしれませんが、という前置きとともに、思わぬ言葉が続けられる。

「一つ、藤野さんにお願いしたいことがあるので、聞いていただけますか」

「え?」

驚きに、わずかに目を見開いていると、波田が話を続ける。

「隼斗さんがこちらに来た事故の原因は――詳しい事情は当人が話すでしょうが――隼斗さんの力が暴走したことにあります。隼斗さんは幼い弟さんや葛さんを巻き込まないよう庇《かば》おうとしましたが、結果的に叶わず、葛さんは怪我を負いました」

「……――」

「隼斗さんは、ご家族を守るためにこちらへ来たんです」

「……守る?」

「はい。そして、そんな隼斗さんのことを、ご家族はずっと心配していらっしゃいます。もちろん……葛さんや、私も」

言葉が見つからず押し黙った柊也に、波田が「ですから」と続ける。

「一度だけでいいのであちらに戻って欲しいと、隼斗さんに口添えをお願いできないでしょうか」

だが、続けられたそれに驚き、ペットボトルを持つ手に力を込めてしまう。

「俺が、ですか?」

「ええ。私達相手では、頑なになってしまうでしょうから。客観的に話せる方に、話してみていただきたいんです。隼斗さんも、藤野さんの言葉なら考えてくださるかもしれません」

だがそれは、自分などが口を出していいことではない気がする。隼斗の本心がわからない以上、家族との関係についてはデリケートな問題だ。そう思い口を閉ざしていると、波田が変わらぬ調子で続けた。

「もちろん無理にとは言いません。話してみてもいいと思われたら、お願いします」

決して押しつけるでもない波田の言葉に、結局、柊也は答えられないまま沈黙を返すことしかできなかった。


『隼斗のこと、なんにも知らないくせに』

腹立たしげに——だが、ほんのわずか寂しげに呟かれた葛の声が、耳に蘇る。

風呂《ふろ》から上がり、リビングの座卓の前に座った柊也は、ぼんやりと昼間のことを思い出していた。

遊園地は、午前のうちに柊也がギブアップしたため、結局昼を回った頃には帰ることになったのだ。葛には散々文句を言われたが、早めに人混みから離れられたのにはほっとした。

そしてその後、ならばせめて昼食は付き合えと騒ぐ葛に押され、四人で食事をして帰ってきた。

その道行きで、波田と隼斗がなにかを話しこんでいる間、柊也の隣に並んだ葛が先ほどの言葉を呟いたのだ。

『そうだね。君よりは、知らないと思う』

確かに、まだ出会って間もない隼斗について、柊也はなにも知らない。大学に通っていることや、時間がある時に獣人の子供達の面倒を見ていること、落ち着いてしっかりしているが、時折可愛い表情を見せること。

そんなふうに知ることができた顔もあるが、恐らく、知らないところの方が多いのだろう。

『隼斗を、返してよ』

『……隼斗君は物じゃないよ。決めるのは、俺じゃない』

絞り出すような声に返せるのは、そんな言葉だけだった。隼斗は、隼斗の意志でこちらにいる。ならばそれを覆すことができるのもまた、隼斗だけなのだ。

(こちらにいる理由があるのか、あちらに戻れない理由があるのか……それは、わからないけれど)

『なんだか他人事《ひとごと》だね。……あんた、隼斗のことそんなに好きじゃないんだ』

だが、続けて放たれた葛のその言葉には、胸の奥を切りつけられたような痛みを覚えた。

逃げるも、立ち向かうも、自分のことは結局自分で決めるしかない。そのことを身に染みて知っているからこそ、柊也は隼斗を引き留めることも帰郷を勧めることもできない。そのことが、葛の目に隼斗への無関心――愛情のなさに映ってしまっても、それは仕方がなかった。それは、柊也の中の価値観でしかないのだから。

『……隼斗君のことは、好きだよ』

そう呟いた柊也の言葉に、葛はなにも返してはこなかった。ただ、帰り際、視線が合った葛がとても小さな声でなにかを呟いたのが、引っかかっていた。

『隼斗は、俺の――、だから』

肝心な部分が聞こえなかったそれは、だが、とても大事なことのような気がしたのだが。

「柊也さん、お風呂いただきました」

かけられた声に顔を上げると、風呂上がりの隼斗が立っていた。スウェットに着替え湿った髪のまま立つその姿に、どきりとする。

「うん。今日はお疲れ様。お茶でも淹れようか」

「いえ、大丈夫です」

立ち上がろうとした柊也を制し、隼斗が座卓の向かい側に腰を下ろす。そうして、真っ直ぐにこちらを見つめると、頭を下げた。

「今日は、付き合っていただいてありがとうございました。休みの日に、色々と疲れさせてしまってすみません」

律儀な隼斗の姿に頰を緩め、かぶりを振る。強引に連れ出されはしたが、確かに、訓練にはいい場所だった。他人がいるという緊張感もあったせいか、これまでの訓練の成果か、今までであれば制御がきかなくなっていたような外的刺激に対しても、どうにか持ち堪えることができたのだ。

「大丈夫。連れ出してもらったおかげで、なんとなく力を意識しないでいる感覚も摑めた気がするし。こっちこそ、ありがとう」

そう言うと、隼斗がふっと微笑む。

「力の制御、だいぶ上手くなりましたね。この調子だと、料理の方はともかく、日常生活の方はそろそろ問題なくなりそうです」

「そうかな。ならいいけど。いつまでも、隼斗君を付き合わせ続けるのも申し訳ないし」

「いえ、俺は……」

「葛君の誘いに付き合ってあげられないのも、俺の仕事があるせいだろう？　もうだいぶ落ち着いたし、俺のことはそんなに気にしなくても……」

「違います。それは、柊也さんのせいじゃなくて、俺が……」

慌てたように柊也の声を遮った隼斗が、ふと柊也から視線を外し躊躇うように言い淀《よど》む。

けれど、再び柊也を見ると、思い切ったように告げた。

「俺が、柊也さんの傍にいたかっただけです」

「……っ」

真っ直ぐな、射貫《いぬ》くような瞳と言葉に胸が高鳴る。どきどきと鼓動が落ち着かなくなり、けれどそれを悟られまいと、ごまかすように視線を彷徨《さまよ》わせた。

「え、っと……」

今のは、どういう意味だろう。内心で狼狽えながら、必死に言葉の意味を考える。

もしかしたら、隼斗も少しは柊也に好意を持ってくれているのだろうか。そんな都合のいいことを思いながら、速くなる心臓の音を宥《なだ》めるようにそっと息を吐いた。

「……あ、りがとう？」

どう答えるのが正解なのかわからず、そんな言葉を返してしまう。頬に血が上っている気がして顔を上げられずにいると、不意に、くすくすと正面から笑い声が聞こえてきた。

「そこで柊也さんがお礼を言うのは、なんか変ですよ」

「え、そ、そうかな。いやでも、隼斗君がいてくれて心強かったのは本当だし」

ふっと緩んだ空気にほっとしながら、慌てたように言い訳をする。すると、優しく目を細めた隼斗が、あの、と続けた。

「柊也さんの訓練も、店の手伝いも、事務所での仕事ということにはなっていますが、俺が好きでやっていることです。もし仕事としてじゃなくても、俺は、同じことをしてます。だから、気にしないでください」

「……うん、わかった。ありがとう」

あくまでも仕事としているのは、柊也の気持ちの負担になりたくないからだ。言外にそう言ってくれているのがわかり、胸の奥が温かくなる。これ以上は、隼斗にも失礼だろうと素直にその言葉を受け取ると、ふっと昼間波田と話していたことを思い出した。

「……あ」

「どうしました？」

思い出した、といった柊也の反応に、隼斗が首を傾げる。だが、柊也自身気になりつつも隼斗の気持ちを考えて言い出せずにいたことを、とうとう告げていいものかわからず、困ったように眉《まゆ》を下げた。

(でも、聞いてしまったのに黙ってるってのも……)

そうして、結局は、ありのままを話すことにした。

「今日、波田さんから、昔の——隼斗君がこっちに来ることになったきっかけを、ほんの少しだけ聞いたんだ」

「……っ」

息を呑む気配に視線を上げれば、驚いたように目を見張った隼斗の姿がある。

「そんなに詳しくは聞いてないよ。ただ君が、暴走した力で弟さん達を傷つけないよう守ろうとしただけだって。それで、今もご家族が心配してるから、一度だけでも帰るように勧めてもらえないかって」

「……変な話を聞かせてしまったみたいですみません。その話は、忘れてください」

拒絶するように視線を逸らした隼斗に、これ以上は口を出すべきではないとわかっていても、これまでの話の中で隼斗が決して家族のことを――特に、弟のことを嫌って離れているわけではないことが感じられただけに、つい言葉が滑り落ちてしまう。

「違っ、そうじゃない。そうじゃなくて、ただ、時間が経った今なら、一度戻ることも考えてみていいんじゃないかって」

「それは、柊也さんには関係ないことです」

「……っ！」

ぴしりとそう告げられ、つい、かっとしてしまう。腹が立ったのは、頑なな隼斗にではなく――多分、完全に拒絶するような壁を作られたからだ。

「俺には、関係ない……か。確かにね」

随分距離が近づいたような気がしていたのは、やはり、自分の思い込みだったのかもしれない。ふっと自嘲しながら呟くと、自分の顔から表情が消えていくのがわかる。余計なおせっかいであり、隼斗に対して理不尽な怒りを向けてしまっているのだと理解していても、言葉が止められなかった。

「だけど少なくとも、君や波田さんから話を聞いた限り、修復できない状態だとは思えない。それでも帰ろうとしないのは、単に、拒絶されるのが怖いからじゃないのか？」

「違う！　俺が帰らないのは……っ！」

柊也の言葉に咄嗟《とっさ》に反論しようとした隼斗は、だがそこでやはり言葉を飲み込むと膝《ひざ》の上で固く拳を握りしめる。

「……ごめん。でも、波田さんも、心配してたよ。きっと、葛君も……」

重苦しい沈黙が流れる中、言うべきでないことを言ってしまった罪悪感から、トーンを落としてそう告げる。すると、隼斗がふと呟いた。

「波田さんと、随分仲良くなったみたいですね」

「……？　いや、別に仲良くは……。君達を待っている間に、向こうのことを教えてもらったりはしてたけど」

「あの人に言われたから、俺にあっちに帰るよう勧めたってことですよね？」

「は？　違う、それは……」

先ほどまでとは変わってきた雲行きに、眉を顰《ひそ》める。波田の話ではなく、隼斗が帰るかどうかの話をしていたのではないか。

「今まで、俺があっちに帰るのを断り続けるのを見ていてもなにも言わなかったのに、あの人から頼まれたら急に勧めてきたのは、どうしてですか？」

「それは、だって……」

今までだって心配だった。波田の言葉は踏み込むきっかけに過ぎない。そう思ったものの、だがそれは口にすることができなかった。不意に頭上に影が差し顔を上げると、いつの間にか座卓の向こう側から隣に移ってきた隼斗が、柊也の肩に手をかけてきたのだ。額がぶつかるほどに顔が寄せられ、距離の近さに先ほどまでの怒りも忘れ、どぎまぎしながら視線を外す。

「隼斗、君……?」

「あの人に、なにか言われたか……されましたか。……あんな、顔して」

低い呟きの意味がわからず、眉を顰める。どういうことかと視線を前に向けた途端、柊也は驚きに目を見開いた。

「ん……っ!」

唐突に口づけられ、薄く開いた唇からやや強引に舌を差し入れられる。舌を搦《から》め捕られ、喉の奥まで舐《な》められそうなほどの深い口づけに、息苦しさから自然と眦《まなじり》に涙が浮かぶ。

(なんで……)

いつもの、暴走した力を抑えるための宥めるようなキスとは違う。隼斗の意図がわからず、けれど貪るような口づけに身体の奥が熱くなり、徐々に力が抜けていく。

「ん、ふ……っ」

一瞬だけ離れ、また塞がれる。息を継ぐ間もないほど何度も繰り返されるキスに、朦朧《もうろう》としながら身体の力を失い、背後に倒れてしまう。クッションに受け止められた身体にのしかかってきた隼斗の重みを感じると、わずかな恐怖と安堵が、同時に襲ってきた。

「んん……、ふ、あ……っ」

搦め捕られた舌先に軽く歯を立てられると、びくりと腰が震える。いつの間にか熱くなっていた中心に、隼斗の手が触れると、そこで一瞬だけ我に返った。

「や、待っ、そこ……、んぅ……」

だが、柊也の制止もキスで塞がれ、隼斗の手がパジャマのズボンの中へと入ってくる。大きな掌に下着越しに自身を擦られると、キスだけで勃起《ぼっき》してしまっていることがわかり、頭に血が上った。

「ん、んん……っ」

何度も角度を変えて口づけを繰り返したまま、やがて下着の中に入ってきた隼斗の手が、柊也のものを直接握り込む。敏感になったそこから伝わってくる隼斗の肌の感触と体温、そして先走りを零し濡れている自身をまざまざと感じ、羞恥で全身が熱くなる。

このまま達してしまうのだけはと、柊也は覆い被さっている隼斗の腕に爪《つめ》を立てて必死に堪えた。けれど、感じる場所を容赦なく扱《しご》かれ、あっという間に追い上げられてしまう。

「あ、駄目、やめ……――っ！」

そして、指先で先端を強く擦《こす》られた瞬間、自分でも止められない衝動に、腰を震わせながら堪えていた熱を吐き出した。

びくびくと、全身の震えが止まらず、何度かにわけて吐精する。そうして、ようやく塞がれていた唇が解放され隼斗の身体が離れた瞬間、柊也は、反射的に拳を握りしめ目の前の男の顔を殴っていた。

「……っ」

避《よ》けることなく柊也の拳を受け入れた隼斗は、唇を噛みしめ柊也の上から身体をどける。涙を滲ませたまま眦をつり上げ隼斗を睨《にら》みつける柊也に、隼斗は言い訳もせずその場で頭を下げた。

「……すみませんでした」

ぽつりと呟かれたその言葉は、部屋の中にひどく虚しく響き、柊也はその場から動くことができなかった。

◇◇◇

最悪だ。

ここ数日の間に何度繰り返したかわからない言葉で自身を罵《ののし》りながら、隼斗は人気《ひとけ》のなくなった公園のベンチで重い溜息をついた。

胸に渦巻く、激しい後悔と自己嫌悪。それらは、あの時——柊也の身体に無理矢理触れてしまった時から、日に日に大きくなっている。

あの日から、隼斗は、不用意に柊也に近づかないよう細心の注意を払っていた。

ふとしたタイミングで手や身体が触れた時、柊也の身体がわずかに強張ることに気づき、できるだけ距離を置くようにしているのだ。恐らく、柊也自身は意識していない――反射的な怯《おび》えだろう。

（……好きな人を、怖がらせてどうする）

奥歯を噛みしめながら、掌に爪が食い込むほどに固く拳を握りしめる。

あの後、沈黙を破る溜息一つで柊也はその場を収めてくれた。

『殴った分で、おあいこな』

気まずい空気が流れる中、そう言って隼斗の頭をぽんと軽く叩くと、リビングを出て行った。そして翌日の朝には何事もなかったかのように挨拶もしてくれ、前日の夜のことはもう忘れたのだと態度で伝えてくれた。

だがそれでも、ぎこちなさは残り、二人の会話はふつりと減った。仕事の後の訓練は続けているが、それ以外では隼斗は柊也から距離を置き、できるだけ触れないように気をつけている。

自分のしたことが、許されるとは思っていない。柊也の気持ちも確かめず、堪えきれない衝動のまま手を出してしまった。あの時の柊也の目を思い出すと、自分を殴りつけたくなる。

箍《たが》が外れてしまったのは、昼間見た光景を思い出したからだ。

遊園地のベンチで並んで座る、柊也と波田の姿。あの時——疲れた柊也を座らせ休ませている間、本当ならば自分が傍についていたかった。だが葛に泣きつかれ、また、柊也にも折角遊びに来たのだから付き合ってあげてと諭され——葛がこちらに来てからあまり時間をとってやれていなかったのも確かで、自分がついているという波田の申し出を受け入れ葛に引き摺られていった。あのまま、近くで葛が騒いでいると、余計に柊也を疲れさせてしまうだろうと思ったのもある。

だが、やはり柊也の体調が気になり、順番待ちの列に葛を残して少しだけ様子を見に戻ったのだ。

けれど、そこで見つけた光景に足は止まり、それ以上近づくことができなかった。

柊也の背中に手をかける波田と、ほんのわずか、波田の方に身体を寄せた柊也の姿。そしてその後、二人でなにかを話している時に見せた、柊也の表情。

頬を赤らめつつ、恥ずかしそうに——けれどひどく優しい表情でなにかを告げた柊也に、波田がそっと目を細めた。そんな二人の姿に、激しい嫉妬が胸に渦巻き、隼斗はそのまま踵《きびす》を返した。他の男に、そんな顔を見せるのか。今の勢いのまま割り込んでしまえば、なにを言ってしまうかわからない。そう思ったからだ。

波田は、昔から完璧ともいえる男だった。いつも隙がなく、物事に動じることもなく、淡々と冷静に仕事をこなす。失敗した姿というものを見たことがなく、幼い頃は波田に苦手意識を持つ一方で、あんなふうになりたいと憧れていた部分もあった。

今はわからないが、隼斗があちらにいる頃は、葛の世話役と葛の父親の秘書を兼ねていたため、葛の傍に常時ついているわけではなかった。葛が屋敷を抜け出すのは大抵波田がいない時で、毎回、後からばれては叱られて泣いていた。

一方、男女問わず誘いも多く、ある程度成長した頃には結構遊んでいたのだと認識できる場面も、実のところ多々みかけていた。もちろんそれらについて、葛に対しては綺麗《きれい》に隠しきっており、全く悟らせてもいなかったが。

要するに、波田の力量は信用していても、好きな人の傍にいさせるには嫌な人物でもあったのだ。遊園地に柊也を連れていったのは、万が一の時でも波田がいるなら対応が可能だろうと思った部分もある。けれどそれは、あくまでも自分が柊也の傍にいるという前提があってのことだった。

二人きりにしたのは想定外のことで、離れている間、なにを話しているのかが気になって仕方がなかった。

さらにその上、葛が来てからずっと状況を見守るだけだった柊也が突如、隼斗にあちらへ帰ってはどうかと勧めてきた。もちろん、柊也がなにも言わずとも心配してくれているだろうことはわかっていた。冷静に考えれば、あの時も、隼斗が後悔しないようにした方がいいと言ってくれただけだとわかる。

けれど、どうしても昼間見た波田との様子が脳裏にちらついてしまい、結果、自分の勝手な感情を柊也にぶつけてしまった。軽蔑されたとしても、仕方がない。

そんな懊悩《おうのう》と二人きりでいる気まずさから逃げるように、そして柊也をこれ以上怯えさせないため、家での訓練が終わったらこうして外に出掛けるようになったのだ。

（やはり、送り迎えだけにするか……）

柊也も、最初の頃より随分力の制御ができるようになってきた。少なくとも五感に関しては、よほどパニックにでもならない限り、指輪を身につけていなくても突発的に制御できなくなることはほぼないだろう。

以前のように狙われてしまう可能性はいまだあるため、特に夜は一人にしたくないが、そこに関しては柊也が嫌がれば事務所の誰かに変わってもらうこともできる。

「……明日、話してみるか」

「あ、隼斗！」

小さく呟いたと同時に、少し離れた場所から声が聞こえてくる。顔を上げると、嬉しそうな顔で葛が駆け寄ってくるところだった。どうしてここに、と思った途端、隼斗のもとに辿《たど》り着いた葛が隼斗の腕を取った。

「店に行ったらもう閉まってたから、隼斗を誘おうと思ってあの人の家に行く途中だったたんだ。ていうか、なんでこんなところにいるの？」

「いや、別に。風に当たりに出てきただけだ。葛、お前、柊也さんの家知ってるのか？」

「ううん？　波田が知ってるっていうから」

さらりと告げられた葛の言葉に、眉を顰める。そして、葛が見ている方に視線をやると、公園の入口に立つ波田の姿があった。

（柊也さんが教えたのか……？）

あの人が、どうしてそこまで波田に気を許しているのか。苛立ちを覚えながら波田を睨むと、なんの感情も見せず波田がこちらを見返してくるのがわかった。

「隼斗、どうしたの？」

腕を引かれ我に返ると、不満そうに葛が腕にくっついている。幼い頃、片方に弟が、そしてもう片方に葛がよくぶらさがっていたことを思い出し、苦笑する。

「いや、なんでもない」

「……ふうん」

隼斗の答えに納得していない表情で呟いた葛が、だがすぐに気を取り直したように「まあいいか」と続けた。

「それより、外に出ててもいいなら僕が泊まってるとこに遊びに来てよ。話したいこともたくさんあるしさ」

なんならそのまま泊まっていって。いいでしょ、と腕を引く葛に、迷った末に隼斗は腰を上げた。柊也は、家にいればとりあえず大丈夫だろう。見知らぬ相手を家に上げるほど不用心でもない。

(俺がいない方が、落ち着くはずだ)

そう思いながら、わかった、と頷く。

「連絡を入れるから、波田のところで待ってろ」

「本当⁉　じゃあ、早くしてね！」

やった、と喜び波田のもとに向かう葛の後ろ姿を見送り、スマートフォンを取り出す。電話をしようか。一瞬だけ迷い、だが胸の奥の苦い想いを飲み込むようにして、メール画面を立ち上げる。

せめて、あの人がゆっくり眠ることができますように。そう祈りながら、隼斗は柊也へのメールを送るのだった。

『お兄ちゃん、ごめんなさい』

べそべそと泣く幼い弟の頭を撫でるのは、いつも隼斗の役目だった。小さな子供の体温を胸に感じながら、大丈夫だよ、と繰り返す。

『お前のせいじゃない。俺が悪いんだから、謝らなくていい』

『……っ』

『お前に怪我がなくてよかった』

泣き止まない弟の頭を撫でながら、心からそう呟く。

八年前のあの時、一瞬だけ気を失い、目が覚めた時に飛び込んできた光景は今でも忘れられない。

抑えきれなくなった力が暴走し、空《あき》屋敷を一つ、見事なまでに壊していたのだ。

獣人の力はほとんどが身体的なものに特化しているが、制御できず暴走し身体に収まりきれなくなった力は、いわゆるエネルギーの塊のようなものになって放出され、周囲のものを吹き飛ばすことがある。

自らコントロールし、エネルギー放出を行う者もいるが、幼い隼斗の場合は単純に自身の力が溢れてしまうことでこの現象が起こっていた。

生まれつき潜在的な力が強すぎて、特に子供のうちは制御が難しいと言われていたのだ。そのため、獣人の世界でも一部の力は封じられていた。そして、封じてさえいれば暴走したとしても被害はさほど大きくならなかったため、あちらの世界で日常を送る上で困ることはなかったのだ。

とはいえ、人よりも強い力を持っていることで絡まれる機会は多かった。その全てを十歳の頃には全て力でねじ伏せていたため、嫌がらせを兼ねて『赤《あか》の銀狼《ぎんろう》』など妙な名前をつけられ忌避されていたのだが。

最初に違和感を感じたのは、弟が生まれてすぐの頃だった。

きっかけはわからない。ただ、八歳下の弟の面倒を見ていた時、不意に、普段は赤い弟の瞳が金色に変わったのだ。その瞬間、隼斗に施されていた封じが壊れ、危うく力が暴走しかけた。すぐに両親が気がついてことなきを得たが、その時は、隼斗の力がまだ不安定だからだろうということで結論づけられた。

けれど、その数年後――あの事故の一年前に、再び同じことが起こった。

その時に気がついたのだ。弟の瞳の色が変わるのを見た時の、背筋が凍るような感覚に。そしてその直後、自分の中の力が抑えきれないほどに膨れ上がったことに。

だが不思議なことに、弟の瞳は、両親には影響を与えないようだった。時折瞳の色が変わることは認識していたが、それ自体は獣人の中で稀《まれ》にだがある現象で、両親は気にも留めていなかったのだ。実際、隼斗も、力を一定以上解放した時には弟と同じように瞳の色が金に変わる。

とはいえ隼斗の話を聞き、両親はすぐに古くからの友人である医師に内密に診断を頼んだ。獣人の医師は、その潜在的な能力を診断する役目も負っているのだ。

医師から告げられたのは、弟もまた隼斗同様、非常に強い潜在能力を持っているという一言だった。だが弟の場合、制御できなくなった力を外に放出しようとする際、力の質が似ている獣人に影響を与えるのだという。

獣人の中でも『覡《かんなぎ》』と呼ばれる特殊な能力を持つ者には、他者の力に影響を与える者がいるという。弟はその影響範囲がごく限られているため『覡』とはいえないものの、兄弟であり同質の力を持つ隼斗はその影響を最も受けやすいようだった。

両親の場合は、潜在能力が隼斗ほど強いものではないのと、力の制御能力が高いこともあり、影響があっても顕著には現れないのだろうと言われていた。

要するに、隼斗が弟のあの『金色の瞳』さえ見ないようにすれば問題はないということだ。

けれどそのことが、そして隼斗の油断が、八年前のあの事故を引き起こしてしまった。

弟の能力の発現は、ごく稀だった。またその能力がわかった時から、隼斗は両親に頼み自身にかける封じをさらに強くしてもらい、能力の大半を封じて過ごしていた。そのため、弟の瞳を見ても力が暴走することはなく、日々は平穏に過ぎていっていた。

そうしているうちに、隼斗の力の制御も徐々に上達していき、多少封じを緩めても暴走しないようになってきていた。

だが、そんな矢先のことだった。

『うわあああん……っ』

屋敷を抜け出してきた葛に遊んでとねだられ、弟と三人で近くの空屋敷でかくれんぼをしていた時のことだ。

突如、火がついたような弟の泣き声が聞こえ、嫌な予感に急いで探しにいった。

その時、ぱきり、とかすかな音が聞こえ腕を見ると、いつも身につけている封じの腕輪にほんのかすかな傷が入っていた。その時点で、誰か他の大人《おとな》を呼べばよかったのだが、隼斗はこれくらいなら大丈夫だろうと、そのまま弟のもとへ走ったのだ。

その後の記憶は、長い間、薄ぼんやりとしていた。ただ、弟と、傍にいた葛を傷つけまいと必死に自身の力を抑えつつ、自分の力が弱まればいいのだと自身を傷つけようとしたことは、はっきりと覚えている。そうして、それを止めようとした葛が腕に縋ってきた直後、抑えきれなくなった力が溢れ出しそうになり、咄嗟に葛を少しでも遠くへ離そうと振り払ったことも。

気がついた時、空屋敷は全壊といっていい有様だった。隼斗は弟を抱え込むようにして守っており、弟に大きな怪我はなかった。一方で葛は、隼斗に振り払われた際に二階の窓から落ち、ひどい怪我を負っていた。不幸中の幸いだったのは、運良く大きな木の陰に落ちていたため、隼斗から溢れ出した力の放出に巻き込まれることも、屋敷が壊れた時の被害からも免れていたことだった。

けれど、その一件は大きな問題となり隼斗は保護観察下に置かれることとなった。

やがて隼斗の持つ力が危険なものと判断され、その半分を無期で強制的に封じられることが決まった。自身の力を強制的に封じられるのは、身体の一部をもぎ取られるのに等しい。まだ子供の隼斗にそれは酷だと、せめて成人するまで――力の制御ができるようになるまでにして欲しいと両親が懇願したものの、それは叶わなかった。

同時に、有力者の息子《むすこ》である葛に大怪我を負わせたことがある種のスキャンダルのように扱われ、家族への風当たりも強くなり、弟も泣きながら帰ってくる日々が続いた。

――だから、隼斗は獣人の世界を離れることを決めた。

全ての原因は自分だ。友人である葛に怪我を負わせたのも、家族を辛《つら》い目に遭わせているのも。葛も、あれほどの怪我を負わせた自分の顔など見たくはないだろう。弟の力も、自分が傍にいなければなんの問題もない。

自分さえいなければ、みな、これから普通に過ごしていける。

二度と獣人の世界には戻らないと決め、隼斗はあの日、こちらの世界にやってきたのだ。

「あれ、番犬君。こんなところで会うなんて奇遇だな」

平日の昼下がり、無造作にかけられた声に、昔のことを思い出していた隼斗はふっと我に返った。同時に、その声の主に思い至り、自然と眉間《みけん》に皺《しわ》が刻まれる。足を止めて振り返ると、スーツ姿の鳥海がこちらに近づいてくるところだった。

大学から店へ向かうための最寄り駅という場所で、まさか会うとは思っていなかった。

「……鳥海さん。こんなところで、昼間からなにをしているんですか」

「仕事だよ。この近くに来ていてね。移動中」

「車じゃないんですか」

「普段は車だけど、場所によっては電車も使うよ」

「……そうですか」

こちらも、波田同様、今、差し向かいで顔を合わせたい相手ではなく、さっさと行こうと頭を下げる。すると、すれ違いざまに肩を叩かれ、そのまま摑まれた。痛みを感じるほどではないが、引き留めるそれに足を止めると、そのままの状態で鳥海が告げる。

「君、店長になにかしただろう。我慢できずに手を出して失敗した？」

「……っ！」

見てきたようにそう言われ、息を呑む。すると、図星か、と笑い含みの声が耳に届いた。

「この間から、二人とも妙によそよそしくなったからな。まあ、俺にとっては好都合だけど」

「……なにを」

「お前が店長を放っておくのなら、俺がいただくよって話だ」

「……っ！　あんた！」

腕を振り払い数歩離れると、鳥海がくくくっと喉の奥でおかしそうに笑う。そして、余裕のある笑みで隼斗を見返した。

「店長が誰のものでもないなら、可能性はあるだろう？　俺も、逃がす気はないしね」

「あの人の力が目当てか」

隼斗の言葉に「そうだな」と笑った鳥海が、肩を竦める。

「だが、別にそれだけじゃない。個人的にも、店長は気に入っているんだ。好みの顔だし、性格もいい」

「……――っ、あの人に、手は出させない」

低く唸ると、鳥海がすっと笑みを消して目を眇める。冷淡な、そしてどこまでも人を見透かすような視線に、本能的に後退《あとずさ》りそうになる足を踏みしめた。

「粋がるなよ、小僧」

「なに？」

がらりと雰囲気を変えた鳥海が、一歩近づいてくる。こちらに顔を寄せ、冷淡な表情のまま低く呟いた。

「昔のことから目を背け続けているうちはまだ子供だってことだよ、赤の銀狼」

「……っ！　お前、なんで……っ！」

こいつは、自分の過去を知っている。一瞬でそれを理解し、睨みつける。もとより力を封じられた一連の出来事は、その名とともに面白おかしく誇張され広められていたが。

「俺の種族と属性がなにか、お前なら気配でわかるだろう？」

「……鳥、フクロウか」

「その通り。情報は命だからね。私が知らないことは、そう多くないよ。まあ、清宮に本気で隠されれば別だけど」

ふっと口端を上げた鳥海を、忌々《いまいま》しい思いで睨みつける。これだから、鳥族のやつを相手にするのは嫌いなんだ。そう思いながら、脳裏に過った波田の顔に眉を顰める。波田の属性も鷹《たか》だったと思い出せば、さらに苛立ちが募った。

「あの時、なにがあったのか。笹井《ささい》のお坊《ぼっ》ちゃんは理解していないようだけど、あの世話役は知っていて黙っているってところかな」

「……――」

「お前がこちらに来たのは、守るためか？　それとも、逃げるためか？」

「……どういうことだ」

意味深な言葉に鳥海を睨むと、そんなことはお前が一番わかっているだろうと嘲《あざけ》るような笑いが返ってくる。

「まあ、ああいう結果になって笹井の坊ちゃんが怪我したのは、お前が自分の力を過信したからこその失態だろうが」

とはいえ、当時はまだお前も子供だったことを考えれば仕方がない。そう続けた鳥海が、肩を竦める。

「過去は過去だ。時間が経てば、人も状況も変わる。それを確かめようとすらしないのは、自分が見たくないものから逃げているだけじゃないのか?」

「……——」

お前に、なにがわかる。苛立ちとともにそう思うが、言い返すことができず拳を握りしめる。確かに、それは事実だったからだ。

柊也にも指摘されたことだ。自分の選択が本当に正しかったのか。それを確かめずにいるのは、正しかったはずだと思うことで、自分を守っていたいだけなのだ。

自分は、弟を守ったのだと、そう思っていたかったにすぎない。あの時の原因の一端が、弟の力によるものだと知られなければ、なにもかも上手くいくと。

「自分が全てを捨てれば誰かを守れる——なんてのは、ただの自己満足にすぎないんだよ」

自惚《うぬぼ》れるな。そう言い捨てられ、奥歯を噛みしめる。そんな隼斗を横目に、ふっと小馬鹿にしたような笑みを浮かべた鳥海が肩を竦めた。

「まあ、お前が逃げようがどうしようが俺には関係ないが。店長のことは俺に任せて、好きなだけいじけているといい」

じゃあな。そう言い残し立ち去っていく鳥海の背中を見つめながら、隼斗はこみ上げる感情を抑えつけるように、掌に爪が食い込むほど強く拳を握りしめていた。

薄力粉をまぶしたアスパラガスを天ぷら衣に通し、熱した油に入れる。ぱちぱちと音を立てるアスパラガスを、火が通ったところで掬《すく》い上げバットに載せた。

ピーマン、茄子《なす》、まいたけ、海老《えび》、きす。揚げ終わったそれらを皿に盛りつけると、ご飯と味噌汁《みそしる》、天ぷらつゆと一緒に定食用のトレイに載せ、カウンターに置く。

「お待たせしました。天ぷら定食です」

「お、来た来た」

注文した客が嬉しそうな声で受け取るのを見届け、次の注文へと取りかかる。油かすを掬って除き、同じ手順で天ぷらを揚げると、再び皿に盛りつけていった。

いつもと変わらない午後。昼営業の注文を一人でこなしながら、柊也は料理を作ることに集中していた。忙しいけれど――いや、今の柊也にとっては、忙しい方がなにも考えずにすむためありがたかった。

無心で料理を作り続け、昼の最後の注文となる定食を出してしまうと、思わず溜息が零れそうになる。どうにかそれを呑み込むと、不意に脳裏に蘇った光景を必死に頭の中から追い出した。

◇◇◇

（なんで、あんなことに……。ていうか、殴るんじゃなかった……）

客の前で顔には出さないようにしながら、心の中で頭を抱える。油断すると、隼斗に触れられた時の感覚を思い出し、叫び出したくなってしまうのだ。

数日前、葛達と遊園地に行った日の夜。隼斗とちょっとした諍《いさか》いになったあの時から、二人でいると妙にぎこちなくなってしまっていた。

今でも、どうしてああいうことになってしまったのかはわからない。とはいえ、自分が余計なことに口を出してしまった自覚はあり、そのことについては反省していた。家族の問題は、人にはわからないことだ。幾ら隼斗や波田から話を聞きかじったからとはいえ、知った気になって言うことではなかった。

（かといって、なんだか謝れる雰囲気でもないし）

あれから、妙によそよそしく距離を置かれ、謝ろうとしても話を逸らされてしまい、切り出せなくなってしまうのだ。そのため、日を追うごとに話が出しづらくなっていく。

調理台の片付けをしながら、ふと、自分の右手を見る。あの日、思わず隼斗を殴ってしまった感触は、今でもはっきり残っていた。

あの時は、混乱と驚き、そして腹立たしさが先に立ち、つい手が出てしまったのだ。とはいえ、かっとなったのは、触れられたこと自体にではない。どちらかといえば、諍いの延長のように触れられたことに対して、だった。

（……あー、もう。思い出すな）

引き摺られるようにうっかり自分の痴態を思い出しそうになり、こみ上げる羞恥に眉を顰める。口づけられたことにも触れられたことにも、嫌悪感があったわけではない。むしろ、かっとなった勢いだったはずなのに、隼斗が柊也に触れる手は優しく決して乱暴なものではなかったのだ。この手が、自分を傷つけることはない。それを、自分は本能的に理解していた気がする。

（もしも……）

もしも、あのまま続けられていたとして。自分が、決定的に拒もうとしたかはわからない。隼斗の気持ちがわからないからこその混乱はあれど、思い返しても、息苦しいほどにどきどきとするばかりで嫌な気持ちは少しもわかないのだ。

（隼斗君……）

だが、話も聞かず殴ってしまったことで、隼斗との間に決定的な溝ができてしまった気がする。なんとなく、このまま離れていってしまうような――二度と会えなくなってしまうような、そんな予感が胸を過った。

「店長、お会計いい？」

「あ、はい！　ありがとうございます！」

声をかけられ、はっと我に返る。はい、とカウンター越しに差し出された千円札を受け取り、お釣りを渡す。気がつけば閉店時間になっており、食べ終わった客が次々に帰っていく。

「はい、店長。ごちそうさま」

「ありがとうございます」

最後まで残っていた鳥海が会計を済ませるのに合わせ、カウンターを片付けるために厨房を出た。

「この間の話、考えてみてくれた？」

席を立った鳥海からそう言われ、あ、と目を見開く。忘れていたわけではないが、ここのところ隼斗のことで頭がいっぱいで、結論を出していなかったのだ。

「すみません、まだ決められていなくて……」

「急がないから、ゆっくり考えてくれていいよ」

くすりと笑った鳥海が、不意にこちらに近づいてくる。近くに立った鳥海を見上げると、頬を包むように手を当ててきた。

「鳥海さん？」

人肌の温かさに驚いて目を見張ると、そのまま軽く頬を摘《つま》まれる。

「元気がないみたいだし、なにかあったかな」

「……え、と」

状況とかけられた言葉に戸惑っていると、頬を摘んでいた手が離れていき、ぽんと肩を叩かれた。

「悩みがあるなら相談に乗るよ。……番犬君と、なにかあったかな」

「……っ」

さらりと付け加えられたそれに、ぐっと言葉を詰まらせる。視線をうろつかせながら俯《うつむ》くと、はは、とどこか楽しげな笑い声が聞こえてくる。

「店長は、意外と顔に出るね。そんな可愛い顔を見せていると危ないから気をつけて」

「可愛いって、三十にもなる男を捕まえてなにを」

苦笑しながら言うと、鳥海がすっと顔を近づけてきた。

「可愛いものは可愛いよ。それにここ最近、少し艶《つや》っぽくなってきた」

「……あ、の」

ぎくりとしてたじろぐと、ほんの少し人の悪そうな笑みを見せた鳥海が静かな動作で体勢を戻す。

「私は、店長も店長の料理も好きだからね。元気がないのはいただけない。誰かに話したくなったら、連絡して」

私はいつでも店長の味方だから。さらりとした口調に、だが労《いたわ》りの色を確かに感じ、頬を緩める。

「ありがとうございます」

「どういたしまして」

じゃあ、と鳥海が踵を返したところで、がらりと店の入口が開く。見れば、そこには小柄な青年――葛の姿があり、首を傾げた。

「こんにちは。隼斗君なら、今日は大学があるから夕方からしか来ないよ?」

「……――」

入口のところに立った葛は、こちらに背を向けて立っている鳥海を正面からじろりと睨む。だがすぐに、びくっと身体を震わせると、毛を逆立てるように睨みつけながら鳥海を避けるようにして店の中に入り壁際に身体を寄せた。

「じゃあ店長、また」

「ありがとうございました」

ちらりとこちらを振り返り笑みを浮かべた鳥海が、そのまま店を出て行く。入口の扉がぱたりと閉まると同時に、壁際に立っていた葛がこちらを向いた。

「今日は、あんたに話があって来たんだ」

「波田さんは?」

「近くで待ってる」

そう。と言いながら、時計を見る。幸い、今日は夜の営業の仕込みもさほど必要ない。話といっても、想像がつく。さほど長くはないだろうと思い、座っててと葛に告げた。

厨房で二人分のお茶を淹れ、カウンター側に出ると葛の前にお茶を置く。一つ空けた席に座り、自分の分のお茶を前に置くと、葛が湯呑みを手に取り一口飲んだ。

「……ふうん。これが、あんたの力ってやつか」

ぼそりと呟いたそれに、軽く目を見張る。すると、湯呑みをテーブルに置いた葛がこちらを挑むように睨みつけてきた。

「あんたは、隼斗のことをどう思ってる？」

「どうって……」

「俺は、隼斗のことが好きだ。小さい頃から、ずっと」

「……──」

きっぱりと言い切った葛は、なにも言わない柊也にさらに目つきを鋭くする。

そして、柊也から視線を逸らすと、ゆっくりと話を続けた。

「昔、まだ隼斗が向こうにいた頃、隼斗はいつも一緒にいてくれた。小さい時は身体が弱くて、ずっと屋敷の中で過ごしてた俺を、よく遊びに連れ出してくれてたんだ」

そうして語られたのは、葛と隼斗の思い出だった。

葛の家は、獣人の世界では名家と言われる部類に入るらしい。あちらは、生活様式などはこちらと似た部分が多いものの、制度そのものは少し違うようだ。貴族制度や元老院のような組織もあるらしく、葛の家はその中枢に関わっているという。

それゆえに、幼い頃から他家の子供と関わることを許されていなかった葛にとって、隼斗は唯一の友人であり大好きな人だった。

だが、あの事故が起こった。それは、家を抜け出した葛が、隼斗達とかくれんぼをするために近くにあった空屋敷に入った時に起こったという。

「……あの時、急に力が暴走した隼斗は、俺達を守るために自分を傷つけようとしたんだ。俺は、そんな隼斗を止めようとして振り払われた勢いで、二階の窓から落ちた」

「……――」

俺達、とは、葛と隼斗の弟のことだろう。どういう状況だったかはわからないが、葛達を守ろうとした隼斗の行動は、よくわかる気がした。それに、葛も今はこうして元気そうにしているが、実はとても運がよかったのかもしれない。

「俺は、そこで気を失ってしまったけど、一つだけ覚えていることがある」

そう言った葛は、当時のことを思い出したのか、痛そうに――そしてほんの少し懐かしそうな表情をする。

「俺の手を握った隼斗が、泣きながら必死に俺の名前を呼んでくれていたんだ。何度も……何度も。目を覚ましてくれって」

だから、俺は絶対に死なないって思った。優しい隼斗を泣かせたくなかったから。

そう呟いた葛は、けど、と眉を顰める。

「実際に目を覚ました時には、隼斗はこちらに来てしまった後だった。隼斗や隼斗の両親は、俺に怪我をさせたことで、うちの親や周囲に随分責められたって……」

療養中の葛が聞かされたのは、突然力を暴走させた隼斗が、自身の弟と葛を一方的に傷つけたというものだった。しかも、弟は大きな怪我は負っておらず、有力者の息子である葛だけが重傷を負ったことで、隼斗の家族は相当に肩身の狭い思いをしていたという。

結果、隼斗が責任を取るため、こちらの世界に渡った。

「目が覚めた後、俺は、隼斗は俺達を助けようとしてくれてたんだって何度も説明した。確かに原因は隼斗の力の暴走だけど、それだってわざとやったわけじゃないんだから、隼斗は悪くない。……結局、両親はわかってくれたけど、でも誰も隼斗を呼び戻そうとはしてくれなかった」

悔しげな表情で拳を握りしめた葛は、だから、と続けた。

「絶対に、俺が迎えに行くって決めていたんだ」

反対する両親を説き伏せ、二十歳になったら隼斗を迎えに行くことを納得させた。そうしなければ、自分も二度とあちらには戻らないと言い張ったそうだ。

（本当に、隼斗のことが大切なんだな……）

ふと、そう思う。そして同時に、ひどく胸の奥が痛かった。隼斗の痛みを本当に知っているのは、葛だけなのかもしれない。そんな思いが胸を過り、隼斗と自分の距離が随分遠いも

のなのだと知った。

「隼斗は、俺の番《つがい》だ」

きっぱりとした葛の言葉に、どきりとする。

「……番？」

どきどきと、嫌な予感が胸に満ちる。そっと拳を握りしめ眉を顰めると、そうだよ、と葛が挑戦的な瞳で柊也を見据えた。

「獣人にとって、番は、絶対……唯一の相手だ。だから、絶対にあんたには渡さない。向こうに連れて帰る」

嫌だ、と、咄嗟に口から零れ落ちそうになり、唇を閉ざす。番という言葉を聞いた時、なにかが柊也の心の中で動いた。隼斗に会えなくなってしまう。そう思っただけで、胸が引き絞られるように痛む。

（だけど……）

決められるのは、自分ではない。もちろん、葛でも。そう考える度に苦しさと胸の痛みが増すけれど、それだけは覆せなかった。隼斗にとって、そうでなければならないからだ。

「……決めるのは、隼斗君だ」

「……っ！　そうやって、涼しい顔で！　引き留めるほどの気持ちもないのなら、さっさと隼斗をあんたから解放しろ！　その指輪だって……っ！」

「指輪？」

それは、清宮から渡された指輪のことだろうか。だが、柊也の声にはっとしたように言葉を止めた葛は、椅子から降りて射殺しそうな勢いで柊也を睨んでくる。

「隼斗は、絶対に連れて帰るからな！　邪魔するな！」

激しい怒りを露《あらわ》にした葛が、店を後にする。がしゃん、と葛の怒りを示すような音とともに扉が閉まり、ふっと溜息を零した。

一体、どうすればいいのか。軽く混乱した頭で、ぼんやりと考える。

（隼斗君が、もし、帰ることを選んだら……）

そう思っただけで、不安がこみ上げてくる。けれどどうしても、帰らないでくれとは言えない。隼斗は、いまだに過去の傷を背負っている。誰かを守るためにあちらを去ったのならなおさら、帰りたいと思う気持ちも残っているはずだ。ならば、やはり決めるのは隼斗でなければならない。

「……ああ、でも」

隼斗には、すでに帰ることを勧めていた。そして柊也の言葉には、その決意を翻すほどの影響力がなかったことがはっきりと示されている。

関係ない——要するに、部外者である柊也には口を出されたくないということだ。結果、隼斗を怒らせてしまった。つきりと胸が痛み、軽く唇を噛む。

「……そっか、俺には関係ないんだった」

自嘲とともにぽつりと呟いた時、ふと、再び扉が開く音がする。顔を上げると、すでに帰ったはずの鳥海が立っており、驚きに目を見開いた。

「鳥海さん？　どうして……」

「いや、ちょっと険悪な雰囲気だったから、念のためにね。大丈夫？」

再び店に入ってきた鳥海に気遣わしげに告げられ、慌てて席を立つ。

「はい。俺は、全然。ご心配おかけしてしまったみたいで、すみません」

苦笑した柊也に近づいてきた鳥海が、ふっと眉根を寄せる。伸ばされた手に、さらりと髪を撫でられた。

「全然……、か。大丈夫には見えないけどね。自分が、どんな顔をしているかわかっているのかな、君は」

そう言った鳥海が、するりと背中に腕を回してくる。気がついた時には胸に抱き込まれており、ぽんぽんと宥めるように軽く背中を叩かれた。

咄嗟に離れようとしたものの、優しいその仕草に労り以外の意図は感じられず、ふっと息を吐く。そうして、自分でも気がつかない間に強張っていた肩から力を抜き、ゆっくりと離れた。隼斗に同じようにされた時は、胸が苦しいほどに高鳴ったけれど、鳥海が相手だとただ人の体温の温かさを感じるだけだった。

「変なところを見られてしまいましたね」

「そうでもないよ。私的には、役得というところかな」

おどけるように肩を竦めた鳥海にくすりと笑うと、ふと、あることが脳裏を過る。

「……鳥海さんは、獣人ですよね。番って、どういうものですか？」

「番、ねえ」

あの時引っかかった言葉の意味を知りたくて、問う。すると、少し逡巡した鳥海が、二本の指を立てた。

「獣人にとっての番には、二種類ある。一つは、こちらでの恋人や夫婦と同じ。パートナーとして選んだ相手のこと。少し特殊なのは、番の証《あかし》として契約ともいえる術をかける。そうすると、その証明として同じ紋様が身体に浮き上がるんだ」

番は、互いの力に影響を与え合う。それが、互いの身体に刻まれた紋様を通して行われるのだという。この契約は、いずれかが破棄を望めば解消することも可能だという。

「もう一つは？」

「もう一つは、少し特殊でね。まあ言うなれば、唯一無二の存在。契約がなくても、互いの力に影響を与え合える相手だ。パートナーにするのに、あらゆる面で最も相性のいい相手、とも言えるだろうね」

「相性のいい……」

「とはいえ、別に運命の相手だとか、そういったドラマチックなものでもないよ。気持ち自体が寄り添わなければ、他の相手を選ぶこともあるし、利害が一致してともにいることを選ぶ場合もある。もちろん、惹《ひ》かれあってパートナーになることもね」

その辺りは、他となんら変わりはない。わかるかな、と続けた鳥海に、こくりと頷く。

では、葛にとっての隼斗は、その唯一無二の相手、ということになるのだろうか。

「あの子が隼斗の番だと言ったのが、気になる？」

淡々と問われ、唇を引き結びながら俯く。そして、考えながらゆっくりと口を開いた。

「気にならない……と言ったら、嘘になります」

「隼斗のことが、好きだから？」

その言葉に、ぱっと顔を上げる。優しく目を細めてこちらを見ている鳥海に、自分の頬がじわじわと赤くなっていくのがわかった。

「好き……、なんでしょうか」

そう答えながら、視線を落とし自問自答する。

隼斗のことが、好き。そう心の中で呟くと、その言葉が胸にすとんと落ちてくる。隼斗が帰るかもしれないと思う度に胸が痛むのも、あの日――勢い任せのように触れられたことに腹が立ったのも、隼斗のことが好きだからだ。

もっと、違う形であれば。そう思った自分に、羞恥を覚えてしまう。

けれど同時に、番の意味を知り胸が塞ぐ。もし鳥海の言葉が本当ならば——そして、葛の番が隼斗だというのなら、自分に出る幕はなさそうだった。

(隼斗君、葛君のことは可愛がってたしな……)

葛がなにを言っても、いつも隼斗が折れていた。あんな隼斗を見るのは珍しく、それだけ葛が特別なのだろう。

まだ幼い隼斗が、自分を傷つけてまで守ろうとした相手だ。大切でないわけがない。

「でも、少し気づくのが遅かったみたいです。それに、俺は部外者ですから……」

「部外者?」

「俺は、隼斗君のことをなにも知りません。なのに、余計なことに口を出して、怒らせてしまったので」

ふむ、となにかを考えるように腕を組んだ鳥海が、目を細める。その表情が、なにかを企んでいるかのように見えて、わずかにたじろいだ。

「隼斗が、なにを考えているか知りたい?」

「え?」

「まあ、結果の保証はしないけど。少し、試してみる?」

協力するよ。そう言った鳥海の言葉に、柊也は首を傾げることしかできなかった。

◇◇◇

「え……？」

思わず零れた茫然とした声に、電話の向こうでいつもと変わらぬ穏やかな声が、先ほど告げた言葉を繰り返す。

『だからね。藤野さんから、隼斗の仕事を終わらせて欲しいと連絡があったんだ。一応、状況を確認させてもらったけど、指輪があれば問題はなさそうだし、力のコントロールについては他に頼む当てがあるからってね』

大学からの帰り道、珍しくかかってきた清宮からの電話に出ると、唐突にそう告げられ足を止めた。

「他って……」

『隼斗も知っているだろう？　鳥海君だよ。あの人なら能力的にも問題はないから、別に構わないと言っておいた』

「って、灯《あかり》さん！　俺は……っ！」

『決めるのは、藤野さんだよ。隼斗じゃない。ってことで、事務所の仕事としてはこれで終わりだから。いいね』

「……――」

ぷつりと通話が切れ、スマートフォンを握ったまま立ち尽くす。

（柊也さんが……）

あの日の夜——柊也と諍いになって幾らか経った頃、隼斗は柊也の家を出て自身の家に戻っていた。同じ家にいると、柊也を怯えさせてしまう。そう思い、朝晩の送り迎えはしているものの、そのまま自身のアパートに戻るようにしていたのだ。力の制御の訓練は、柊也自身の負担も減ってきたため、以前のように店が終わった後に少しだけやるようにしていた。

送り迎えもいいからと断られたが、それは仕事だからと押し切った。怖がらせるのは本意ではないが、柊也を再び危険な目には遭わせたくない。そしてなにより一緒にいられる時間をこれ以上減らしたくなかったのだ。

今朝、店まで送っていった時、柊也はなにも言っていなかったのに。

「どうして……」

スマートフォンを仕舞うと、そのまま急いで店へと向かう。今ならまだ、ぎりぎり夜の営業時間が始まる前に着けるはずだ。

柊也は、それほどまでに自分といることが苦痛になってしまったのだろうか。唇を噛みしめながら、隼斗は逸《はや》る気持ちを抑え、店への道を急いだ。

「柊也さん！」

店の扉を開くと、開店準備のためカウンターを拭《ふ》いていた柊也が驚いたように振り返る。そして隼斗の姿を認めると、ああ、と苦笑した。

「ごめん、清宮さんに聞いたかな」

「……聞きました。開店前に、すみません。少しだけ、話をしたくて」

「いや、いいよ。隼斗君が間に合えば話をしようと思って、早めに準備しておいたから」

そう言った柊也が手にしていたダスターを置き、おいで、と手招きする。それに促されるように柊也の前に立つと、柊也が改まった表情で頭を下げた。

「今まで、色々と本当にありがとう。隼斗君のおかげで凄く助かった」

「柊也さん、俺は……」

「隼斗君といると楽しくて。だいぶ甘えすぎだったなって反省したんだ。そうしたら、鳥海さんが協力してくれるって言うから。他人に甘えてるのは、変わらないんだけどね」

苦笑した柊也に、自身の唇が歪《ゆが》むのがわかる。

「……鳥海さんが、どうして」

「うん。まあ、そこは行きがかり上、かな。話の流れで鳥海さんが申し出てくれて。訓練は一人でもできるようになってきたし、清宮さんに話したら、以前みたいな暴走はもうしないだろうから、訓練の時に誰かが傍にいれば大丈夫だって」

「……──」

鳥海は、柊也に好意を持っている。それがどれほどの思いかはわからなかったが、この間の様子から、本気だと思って間違いはないだろう。

柊也自身が鳥海のことをどう思っているかはわからないが、以前からの態度を見ても、常連で顔見知りということもあり警戒しているような様子はない。

このまま、鳥海が柊也の傍にいることを許してしまうのか。そう思い拳を握りしめるが、以前、波田とのことで理不尽な嫉妬を柊也にぶつけてしまった失態を思い出し唇を嚙んだ。

「それに、この間も余計なことを言ってごめん」

「違う！　それは……っ」

脳裏に過っていた出来事について、逆に柊也から謝られ声を上げる。だが、労るような柊也の瞳に次の言葉が言えなかった。

「確かに、あれは俺が口を出すべきことじゃなかったんだ。隼斗君が怒るのも無理はない」

自嘲するような柊也に手を伸ばす。違う。あれは柊也が悪いんじゃない。ただの、自分の醜い嫉妬だ。そう思い柊也の身体に手が触れそうになった瞬間、柊也が頭を上げる。そうして、近くなった距離に驚いたように、柊也の身体が反射的に下がった。

「……あ」

「……っ」

ほんのわずかな動き。それに、隼斗の手がぴたりと止まる。その場でぐっと拳を握りしめると、柊也から離れるように一歩下がった。

「隼斗君、今のは……」

「すみません。謝るのは、俺の方です。あんなことをしておいて……、それでも、柊也さんの傍にいたいと思ったから……」

必死に弁明しながら、そうか、と心の中で呟く。仕事でなくなるのなら、そして、柊也の訓練の相手が自分でなくなるのなら、気持ちを伝えてもいいのかもしれない。

（いまさら、どの口が……）

そんなふうに思いながら、だが柊也が鳥海の手を取る姿を想像すると、気持ちを抑えることができなかった。

「俺は、柊也さんが……」

だが、その先は、店の入口が開く音に遮られてしまう。中に入ってきたのは、険しい顔をした葛で、そのまま隼斗に駆け寄ってくると腕を引いた。

「隼斗、その人のところでの仕事は終わったんだろう⁉」

「葛、お前どうして」

「清宮に聞いた。今は、やらなきゃいけない仕事もないんだろう？　なら、一緒にあっちに帰ろう！」

「ちょっと待て、葛。俺は、柊也さんに話が……」

必死な様子で腕を引く葛を宥めるように隼斗が声を上げ、だが直後、入口から常連客が顔を出す。

「店長、お取り込み中？　出直した方がいいかな」

見れば、すでに開店時間になっており、はっとする。柊也を見ると、躊躇うように隼斗を見た後、常連客へと視線を移した。

「いえ、すみません。大丈夫ですよ」

「そう？　いや悪いね」

ごめんね。また後で。かすかな声でそう呟いた柊也が、厨房へと入っていく。今、自分がここにいても柊也に迷惑をかけてしまう。そう思い、葛に引き摺られるようにして店を出た。

店の扉を閉じ、ふっと息を吐く。気軽に店に通う大義名分がなくなったことで、慣れた入口がひどくよそよそしいものに見えてきた。

「隼斗……」

隣に立つ葛が、不安げに隼斗を呼ぶ。見ると、扉の近くには波田が待機しており、表情を変えないまま隼斗の腕にしがみついていた葛を引き剝《は》がした。

「波田！　離せ！」

「人様の店の前で迷惑ですよ。静かになさい」

ぴしりと言うと、ぐっと葛が言葉を飲み込む。なんだかんだ、幼い頃から世話役として傍にいた波田に、葛は最も弱いのだ。

「葛さんは、明日にはあちらに戻します。当初からその約束でしたから」

「ああ……、そうか」

場所を移しましょうか。そう言った波田に引き摺られながら葛が足を進め、その後に隼斗が続く。ちらりと振り返り、いつものように人が入り始めた店をじっと見つめた。

（今の俺が、あの人になにを言える……）

それでも、きっと柊也は許してくれるだろう。もしかしたら、自分の気持ちを伝えたら真剣に考えてくれるかもしれない。だがそれは、優しいあの人に甘えてしまうだけだ。

甘えるために傍にいたいんじゃない。あの人を守るために、傍にいたいんだ。

（なら、俺には先にやるべきことがある……）

それが、この間鳥海に言われたことそのものだということは、業腹だが。いまだに自分の過去と向き合うことから逃げ続けているのに、誰かを守ることなどできるはずがなかったのだ。

（それに、あの人にまで心配をかけてしまっている）

悔しいが、今の自分は全てにおいて鳥海に負けている。

「波田」

「なんでしょうか」

「お前、あの時のこと……、知ってるのか」

詳しくは言わなかったそれに、波田は何事もなかったかのように「ええ」と答えた。

「波田！」

慌てたように声を上げる葛を無視し、波田が続ける。

「あなたが知らないことも、知っています」

「俺の、知らないこと？」

眉を顰めた隼斗に、だが、波田はさらりと話を逸らす。

「はい。ですが、それはまた後にしましょう。葛さんとの約束もありますし」

波田の言葉に、葛がびくりと肩を震わせる。葛の方を見ると、唇を引き結んで黙っていた葛が、足早に先に進み始めた。

「葛？」

後について歩くと、柊也の家の近くにあった公園に入る。まだちらほらと人の姿は見えるものの、暗くなり始めていることもあり、その影はまばらだった。

やがて、ぴたりと足を止めた葛がこちらを振り返る。そうして、真剣な瞳でこちらを見上げると、口を開いた。

「……隼斗。俺は、隼斗が好きだ」

「葛……」

「俺と一緒に、あっちに帰ろう。俺は、隼斗にずっと傍にいて欲しい」

今にも泣き出しそうな顔で見上げてくるその表情が、幼い頃のものとだぶって見える。幼い頃、必死で隼斗の後を追いかけてきた葛は、絶対に自分の弱いところを見せずなにかあってもいつもこうして泣き出しそうなのを我慢していた。

今も、昔も。隼斗にとって葛は、友人であり可愛い弟のようなものだ。

「……ごめん、葛。俺が傍にいたいのは、あの人だけなんだ。だから、お前と一緒には帰れない」

「……っ！」

はっきりと自分の気持ちを伝えると、悔しげに顔を歪めた葛の瞳からぼろぼろと涙が零れ始める。ごめんな。もう一度静かに告げると、葛が俯いて「なんで……」と声を絞り出す。

「あの人のことがなくても、葛は俺にとって大切な友人なんだ」

それ以外の存在として、見ることはできない。言外にそう告げた隼斗に、葛が「うー」と唸り声を上げる。

「隼斗の馬鹿ー」

その一言で我慢の限界がきたのか、葛が子供のようにわんわんと声を上げて泣き始める。

そんな葛の頭を優しく撫でながら、隼斗は何度も「ごめんな」と謝り続けることしかできなかった。

◇◇◇

隼斗が最後に店に来てから一ヶ月ほどが経ち、柊也はひっそりと肩を落としていた。

あれ以降隼斗から連絡は全くなく、一度だけ様子を尋ねるメールを送ったが、その返信もなかった。

昼休憩の時間、夜の仕込みを終わらせた後、店の中でぼんやりしながらこのところすっかり癖になってしまっている溜息をつく。一人で店の中にいる時間は、以前ならば当たり前のことだったのに、今では妙に物足りなくなってしまっている。

もちろん、隼斗がここへ通い始めてからも、傍にいない時間の方が多かったはずだ。だが、これから来てくれるのだと思っていた時と決して来ないことがわかっている今では、心持ちが全く違うのだと思い知らされていた。

「馬鹿だなあ……」

なにも伝えずに後悔するなら、言ってしまえばよかった。そう、心の中で呟く。

あれから、全く隼斗と連絡がとれなくなったことが気にかかり『青柳《あおやぎ》サービス』に連絡をしたところ、隼斗はあちらへ戻ったのだと聞かされた。

そのことに驚き、また自分にはなにも言わずに戻ったのだということに衝撃を受け、しばらく言葉を発することができなかった。

最後に会った時、隼斗はなにかを言いかけていた。だからなんの疑問もなく、その話を聞くためにすぐに隼斗と会えると思っていたのだ。

（結局、なにも話してもらえないままだったな……）

あの時の続きも。獣人の世界に帰ることも。

やはり、隼斗は柊也の訓練があることに気を遣って、葛の誘いを断っていたのだろうか。

そして、柊也に付き合う必要がなくなったから葛と一緒に戻った。

訓練以外にも理由があるように見えたのは、柊也の思い込みだったのだろうか。

お茶を淹れた湯呑みを手の中で弄《もてあそ》びながら、唇を噛む。どちらにせよ、隼斗があちらに戻ってしまったというのなら、もう会うことはできないだろう。そのことが、なによりも悲しく――痛かった。

こちらの世界では、獣人は様々な制限を受けると言っていた。元々、隼斗はあちらの世界が嫌になってこちらに来ていたわけではないのだから、問題が解決して戻ったのなら、こちらを再び訪れる意味はないだろう。

そんなふうに思いながら、一方でなにも言わず戻ったことへ腹を立てている自分もいた。

もう少し、近くにいると思っていたのだ。期間は短かったけれど、戻る時は一言くらい言ってもらえる仲にはなっていたと——、少なくとも自分は思っていた。

（自意識過剰だったってことかな……）

あの隼斗の面倒見のよさも、仕事だったからこそなのだろうか。そこまで考え、ふとあることに思い至り自嘲した。

そもそも、隼斗に仕事の契約解除を申し出たのは自分だ。差し伸べてくれていた手を、もういらないからと振り払ったのは——外でもない、柊也自身だった。

あれは、鳥海の提案だったのだ。一度、仕事という関係を離れて隼斗と話してみたらどうだ、と。

（二人とも、変なところで真面目《まじめ》だからね。少し立場を変えてみたら、違うものが見えてくると思うよ）

そんな鳥海から助言を得て、清宮へ連絡したのだ。

『仕事の件はわかりました。まあ、隼斗のことはあなたに任せます』

どこか含み笑いでそういった清宮には、なんとなく、気持ちを見透かされているようでどきりとしてしまったが。

結果、今の状態になってしまったというのは、そういうことなのだろう。仕事という繋《つな》がりがなくなれば、隼斗が自分の近くにいる理由はないということだ。

「せめてもう一回、会いたいな……」

そうしたら、きちんと自分の気持ちを伝えて終わらせてしまうのに。

くすぶった気持ちを抱えたまま、柊也は静寂に満ちた店内でそっと溜息をつくのだった。


その日の夜、閉店時間を過ぎて厨房の片付けを済ませた頃、柊也は店にやって来た鳥海を迎え入れた。

「すみません。戸締まりをしてくるので、少しだけ待っていてもらえますか?」

「大丈夫。ゆっくりでいいよ」

スーツ姿の鳥海に店の中で待ってもらい、戸締まりを始める。

今日は、鳥海から仕事の話のついでに飲みに行かないかと誘われたのだ。ここのところ隼斗のことで考え込んでいる様子の柊也を、心配してくれたのだろう。一人でぐるぐるとしていても仕方がない。そう思い、誘いを受けたのだ。

鳥海から持ちかけられた仕事の話は、あれから保留にしたままだった。隼斗とのことがあったのもそうだが、どうにも踏ん切りがつかなかったのだ。鳥海の話自体は、協力したいと思うものだったが、今の自分には荷が重すぎるような気がしていた。

(結局、力の制御の件もあのままだし……)

一人でできる範囲の訓練はしているが、鳥海に頼むまでは至っていなかった。いざ、他の人に頼むとなると、ハードルが高かったのだ。

（もし万が一の時にあんなこと……、そもそも頼まれた方も嫌だろうし）

万が一力が暴走してしまった時、隼斗以外の相手とキスしなければならないのかと考えると、ぞっとしてしまったのだ。それに、頼まれた方もそうなったら嫌だろう。

鳥海は、自分でも指導自体はできると思うよと言ってくれ、清宮も鳥海なら大丈夫だろうと請け合った。ならば、頼んでも問題はないと思うのだが。

「店長、力の方はどう？」

「……あはは。一応、指輪を外しても普通にしていられるくらいにはなったんですけど」

店の戸締まりを終え、後は入口だけになった時、壁に背を預けて立っていた鳥海が不意に声をかけてくる。荷物を持った柊也は、ちょうど考えていたことを見透かされてしまった気分でぎくりとし、苦笑しながら答える。

「手が必要なら、いつでも言ってね」

「色々とお気遣いいただいてすみません」

穏やかな声にほっとしながら微笑むと、行きましょうか、と促す。すると、入口に向かいかけた柊也の腕を鳥海が軽く摑んで止めた。見れば、鳥海の視線は入口へと向けられており困惑する。

「鳥海さん？」

そのままわずかに目を細めた鳥海が、柊也の声に応えるようにこちらを向いてにこりと微笑む。一体なにが。そう思った瞬間、ぐいと腕を引かれて鳥海の腕の中へ引き寄せられた。

「……っ！」

息を呑み、咄嗟に離れようとするが、強い力で阻まれる。一瞬、以前店の中で見知らぬ獣人に襲われたことが脳裏を過り、恐怖でぞわりと肌が粟立《あわだ》った。

「……、やめ！」

「大丈夫。これ以上はなにもしないから」

だが、力ずくで鳥海から離れようとした瞬間、耳元でそっと囁《ささや》かれる。その声はいつもと同じように穏やかで、どうしてか、パニックになりかけていた頭がすっと落ち着き、動きを止めた。

「鳥海さん……？」

訝しげに問うと、頭上から声が落ちてくる。

「柊也君は、隼斗以外にも目を向けてみる気はない？」

「え？」

聞かれたことの内容がよくわからず、つい、ぽかんと問い返してしまう。すると、小さな笑い声とともに、言葉が続いた。

「ここにも柊也君のことが好きな男がいるんだけど、どうかなっていう話」

「……っ、え⁉」

予想外の答えに目を見開き、鳥海から再び離れようとする。けれどやはり抱き締められた腕から逃れることはできず、混乱してしまう。

「鳥海さん、変な冗談は……」

「冗談ではないよ。実際、俺は柊也君のことが好きだしね。だからこそこうして誘っているんだけど。気がついてなかった？」

「……――」

全く気がついていなかった。そう思っているのがわかったのか、やっぱりねえとのんびりとした様子で鳥海が笑った。

「自分で言うのもなんだけど、わりと条件はいいと思うよ？　俺の恋人にならない？」

そうして改めて言われ、けれど、柊也は焦りつつもあることに気がついた。

（あれ……？）

こうして近くで触れていても、そして告白をされても、どうしようという焦りはあっても全くどきどきしていないのだ。隼斗に触れられた時のことは、思い出すだけで心臓が痛いほどに鼓動が速くなるのに。

それだけで、答えは出ていた。もう叶うことはないけれど、この気持ちを抱えたまま誰かの気持ちを受け入れることはできない。

「……ええと。ごめんなさい」

身動《みじろ》ぐのをやめ、俯いたままぽつりと答える。すると「そっか」という優しい声が耳に届いた。

「柊也君。ちょっと上向いて」

さりげなく促され、つい素直に上を向いてしまう。すると指で軽く顎《あご》を取られ、鳥海の顔が近づいてきた。

「え、ちょ……、待っ……！」

キスされる。咄嗟にそう思い、さすがにそれは冗談じゃすまされないと身体に手を突いて離れようとした。だが、強い力に腕を取られ、引き寄せられてしまう。

「やめ……っ！」

だが唇が触れる寸前、ばたんと激しい音とともに入口が勢いよく開かれる。

「柊也さんを離せ、鳥海！」

怒鳴り声とともに、柊也の身体が鳥海から引き剝がされる。今度はあっさりと離され、だが、すぐに別の誰かの腕の中に捕らわれてしまう。けれどその途端、まさかという思いにどきりと胸が高鳴った。

「え……」

覚えのあるその感覚を確かめようと顔を上げ、そこにあった男の姿に鼓動が速くなり胸が痛くなる。なんで。どうして。そんな思いが頭の中を駆け巡り、言葉が出てこない。

「なんだ、もう帰ったのか小僧。人が口説いてるところを邪魔して、なんのつもりだ?」

「なんのつもりだ、じゃない。この人は、俺のものだ」

耳元ではっきりとそう言われ、がっと頬に血が上る。全身が真っ赤になったような気がして俯いたまま身動ぎひとつできないでいると、ふうん、という落ち着いた鳥海の声が聞こえてきた。その声に、ちらりと胸に違和感が過り、けれど続いた言葉に動揺しその感覚もすぐに消えた。

「本人の了承もとらないまま俺のものって言われてもね。お前の勝手な思い込みじゃないのか?」

「違う。この人は、俺の番だ。誰にも渡さない」

ぐるるる、という唸りが聞こえてきそうな低い声。だがその内容に柊也は驚いて目を見張り、顔を上げた。

「え?」

その瞬間、間近にあった男の——隼斗の顔がこちらを向く。銀色の髪と、赤い瞳。獣人本来の姿になっている隼斗に目を奪われ、それでも、疑問が唇から零れ落ちた。

「番って……、葛君じゃ……」

「葛?」

眉を顰めた隼斗の様子から、どうやら違うらしいと悟る。だが、自分が隼斗の番だという言葉を上手く理解することができず、考えることを放棄したままぽかんと隼斗を見つめてしまう。

（え、どういうことだ？　隼斗君の番が俺って、え……？）

くるくると思考が空回りし反応できない柊也に、やれやれと鳥海の仕方がないといった声が聞こえてくる。

「全く、世話の焼ける。お前がさっさと腹を括らないから面倒なことになるんだ。油断したら、すぐにこっちを向かせるからな」

「いらない世話だ」

鳥海と隼斗。二人でよくわからない会話をしている光景を茫然と見ていると、ふと、鳥海が優しく目を細めながら柊也の頭に手を乗せてくる。優しいその感触は、やはりいつもの労りしか感じられず、ほっと息をついた。

「まあ、とりあえず話をすることだ。手のかかる子供の相手が嫌になったら、いつでもこっちにおいで」

冗談とも本気ともつかない言葉にどう反応していいかわからず、はは、と口元を引きつらせて笑う。それでも、なんとなく背中を押してくれた気がして、ありがとうございます、と呟いた。

「損な役回りだよねえ。お礼は、例の仕事を受けてくれればそれでいいよ」

抜け目なくそう言い、柊也の頭に乗せた手で軽く髪を撫でる。そして、じゃあねと軽く手を振ると店を後にした。

ぱたりと店の扉が閉まり、店の中に沈黙が落ちる。

そろそろと、いまだ自分を抱き締めたまま離さない隼斗の腕を見て、そして、再び隼斗の顔を見る。視線が合い、けれど二人ともなにも言葉を発することができず、静かな店内でじっと見つめ合う。

「隼斗君……」

しんと静まり返った店の中で、ぽつりと、不安に揺れた柊也の声が響く。それに答えるように隼斗の腕に力が込められ、さらに身体が引き寄せられた。触れた場所から心臓の音が伝わりそうでわずかに身体を強張らせ——けれど、同時に隼斗の鼓動が伝わってくることに気づき、ふっと身体から力を抜く。

大丈夫。この腕の中なら、絶対に自分は傷つくことはない。そんな確信がなぜか胸の奥からわいてくる。

「……すみません」

申し訳なさそうに、ぽつりと耳元で囁かれた声。ほんの少し離れていただけなのに、聞き慣れたそれがひどく懐かしいような気がして胸が詰まる。会いたかった。そんな気持ちのまま、自分を抱き締める腕にそっと触れる。

そして、泣きたくなるような息苦しさを感じながら柊也の口から零れたのは「……馬鹿」という小さな囁きだけだった。

◇◇◇

夜道を並んで歩きながら、柊也は繋がれた手から伝わってくる温かさに、ほっとすると同時にどきどきと胸を高鳴らせていた。

あれから店を閉め、落ち着いて話をするため柊也の家に向かうことになったものの、隼斗は少しも柊也を傍から離そうとしない。繋いだ手を誰かに見られたら、とは思うものの、柊也も離す気にはなれず、ただ黙々と歩き続けた。

「……連絡、しなくてすみませんでした」

沈黙が流れる中、柊也の住むマンションが見えてきたあたりで、ぽつりと隼斗が呟く。

「それは、もういいよ。……ただ、あっちに帰ったって聞いて、もう会えないのかと思ってたから驚いた」

できれば、帰ることくらいは教えておいて欲しかったけれど。でも、再び会えたからそれでいい。そう告げると、すみません、と力ない声が耳に届いた。

「一度戻ったら……どうなるかも、どのくらいかかるかも、わからなかったから」

けれど、さほど時間をかけず――万が一の時は無理矢理にでも――帰って来るつもりだったから、心配をかけたくなくて黙って行ったのだと。そう告げた隼斗に、柊也は握った手に軽く力を込めた。

「心配、するよ。急にいなくなったら」

「そうですね……。俺も、色々いっぱいいっぱいでした。すみません」

隼斗が肩を落とすのに合わせて、耳と尻尾がしょんぼりと垂れる。その様子が可愛くて、ついくすりと笑ってしまう。

「でも、どうしてこの姿に……?」

今は、髪色などは普段のものになっているが、いまだに耳や尻尾は見えたままだ。普段は隠しているためどうしてと首を傾げると、ああ、と隼斗が苦笑した。

「今までつけていた封じを、一つ外したので。こっちに来ても、力を抑えてしまうまでに少し時間がかかっているんです」

「そうなんだ?」

「はい。昔、あちらでつけられていた……一番、強い封じを」

「……――」

そうして一呼吸置くと、隼斗がそっと続ける。

「全部、聞いてくれますか？　昔のことも、今のことも」

「うん。もちろん」

はっきりと告げた柊也に、隼斗がどこかほっとした顔をする。そうして、二人きりの道筋で、ゆっくりと昔のことを話し始めた。

弟のこと、家族のこと。そして、あの日隼斗が起こしてしまった出来事。

事故の詳細を聞くと、それほど大きなものだったのかと驚き、同時に、隼斗が負ったものの大きさに胸が詰まった。

（どうして、そんなに人のことばかり……）

そんな思いとともに、唇を噛む。けれど同時に、ひどく隼斗らしいとも思った。

「じゃあ、向こうに戻ってご家族に会ってきたの？」

「はい。両親と、……弟にも」

「そっか。大丈夫だった？」

「ええ。色々と、俺が思っていたよりも大丈夫そうでした」

隼斗の弟は、あれからも両親と平穏に暮らしていた。ただ、一つだけ隼斗の予想と違っていたのは、自分の能力も——そして、昔あったことの原因も理解していたということだ。

隼斗の弟の力は、性質的には柊也のものと少しだけ似ており、その瞳を見た者の力を強制的に活性化させてしまうのだという。ただ、幼い頃は影響を及ぼしていたのは兄である隼斗一人だったが、成長するにつれその力も範囲も徐々に拡《ひろ》がってしまったそうだ。とはいえ、血のつながりがあり力も共鳴しやすい隼斗に与える影響ほど顕著ではないらしいが。

今は、そういった制御の難しい能力を持つ獣人が入る訓練施設で、可能な限り制御する訓練を受けているのだそうだ。それが上手くいけば問題はないが、それでも制御が難しい場合は強制的に封じるといった手立てもとられるのだという。

今回、隼斗と会うための条件として、万が一の場合を考慮し、弟は封じの施された目隠しで瞳を閉ざされていたそうだ。けれどとても元気そうで、久し振りに会った隼斗に涙を零して喜んでいたという。

ずっと、守っていてくれてありがとう。長い間ごめんなさい。そう言われ、隼斗はかぶりを振って謝った。結局、守ってやることができなかった、と。

けれど、弟はそれは違うと笑った。隼斗とも一緒に暮らしたかったけれど、でも少なくとも、両親のもとで暮らす時間をくれたのは隼斗だと。そして、今のこの状態を作ってくれたのも、と。

隼斗の弟は、瞳さえ封じていれば問題が起きる確率が低いため、普段は封じの施された眼鏡《めがね》をしているのだという。訓練施設の宿舎に入ることも検討されたが、隼斗が獣人の世界を——家族のもとを離れたことで、長い間、力の影響を受ける者が近くにおらず問題も起こらなかったため、家族のもとから通っても問題はないだろうと判断されたのだ。それはひとえに、隼斗の決断によるものだった。

これからも、様々な制限をされた上で訓練施設に通わなければならないが、弟自身が成長し前向きに生きているのを見届けて、ほっとしたのだという。

いつか許可がとれたら、こちらにも来てみたい。隼斗から話を聞き楽しげにそう言った弟に、その時は必ず連れて行ってやると約束もしたそうだ。

そして隼斗自身も、昔、無期でつけられた強制的な封じ——足首につけていたものを外してもらうことができたのだという。それについては清宮が口添えしてくれたらしく、主に、こちらでの獣人関連のトラブルに対する貢献などが認められたのだそうだ。

「……よかったね」

「はい」

全てのことが上手くいったとはいえない。けれど、多分これが最善ではあるのだろう。誰にとっても。

やがて柊也の家に着き、二人で部屋に入る。そしてリビングに入ったところで、するりと隼斗が繋いでいた手を離した。急に冷たくなった手に寂しさを覚えながら、柊也は隼斗を見上げる。

「柊也さん」

「ん？」

向かい合って立ち、柊也を見下ろしてくる隼斗の瞳を、じっと見つめる。なにかと葛藤するような色を隼斗の瞳に見つけ、そっと頬に触れると、その手を強く握られる。

「……俺が、怖くないですか？」

「え？」

「あの時、あんなふうに……無理矢理、触れてしまったので……」

ひどく悔やむような声に、ああ、と小さく苦笑する。確かに驚いたけれど、怖かったわけではない。決して手荒に扱われたわけでもなく、むしろ隼斗は、どこまでも優しかった。

「びっくりはしたけど、怖くないよ」

「本当に？」

「うん」

にこりと笑ってみせると、隼斗の顔にどこかが痛むような表情が浮かぶ。握られた手の力が強くなり、唇を引き結んでいた隼斗がそっと呟く。

「あの時は、本当にすみませんでした。あの日、遊園地で柊也さんが波田に照れたみたいに可愛く笑いかけているのを思い出したら、どうしても我慢ができなくなって……」

だが、承諾も得ずにしていいことではなかった。落ち込んだようにそう告げる隼斗に、柊也は逆に「ん？」と首を傾げてしまう。そもそも、そんなふうに波田に笑いかけた覚えなど全くないのだ。

「見間違い、とかじゃないかな」

「いえ。葛に連れられて行った時、一度柊也さんの様子を見に戻ったんです。その時に……」

「あ！」

不意にあることを思い出し、かあああっと顔が熱くなる。多分それは、あの時だ。

「……それ、違うよ、多分。あの時、波田さんから聞かれたんだ。……隼斗君のことが好きなのかって」

ぼそぼそと答えたそれに、隼斗が驚いたように目を見開く。

「え……」

「照れてたのは確かだけど、別に波田さんに対してじゃ……、って、隼斗君⁉」

ぐいと引き寄せられ、強く抱き竦められる。突然のそれに驚いていると、柊也の肩口に顔を伏せた隼斗がくぐもった声を上げた。

「柊也さん、好きです」

「……っ！」

背中に回る腕に力が込められ、心臓が痛いほどに鼓動が速くなる。どきどきしすぎて半ばパニックになっていると、ほんの少しだけ腕の力が緩み、隼斗が顔を上げた。

「隼斗、君……」

「仕事として柊也さんの傍にいる間は、力の制御のこともあるので言えませんでした。でも柊也さんが他の男と——鳥海や、波田、それに店の客ですら、楽しそうに話しているのを見たら邪魔したくて仕方がなかった」

我慢に我慢を重ねているうちに、誰かに攫われてしまうのではと、はらはらしていたのだ。柊也さんに触るな。そう言って回りたいほど嫉妬していた、と。

そう告げられ、そっと、隼斗の背中に腕を回して触れる。すると、堪えきれないように、腰に回された隼斗の腕がさらに柊也の身体を引き寄せた。

「柊也さんの力が暴走しかかっていた時にキスしていたのも……、すみません、正直、我慢できなくて必要以上に長くなってしまっていました。あれが、番にしか使えない手段だってことを利用して……」

「え、そうなんだ？　っていうか、俺が隼斗君の番だっていうのは……」

知らなかった事実に目を見張ると、隼斗が申し訳なさそうな表情で告げる。

「本当です。むしろ、『だから』柊也さんの力が発現してしまったんです。俺の力を取り込んだことで柊也さんの力が引き出された……なので最初に、原因は俺だと話したんです」

すみません。しょんぼりと耳が垂れる様子に、可愛さと愛《いと》しさで胸がいっぱいになる。落ち着いていていつも毅然《きぜん》としているけれど、自分の前ではこうして年下らしい姿を見せてくれる。それが自分でも思っていた以上に嬉しく、そして愛おしかった。

「隼斗君は、番だから、俺のことが……その、好きになったのかな」

半分獣人だと言われているが、やはりその辺りの感覚はわからない。獣人にとっての番がどれほどの意味を持つ者かはわからないし、たとえそうでも自分が隼斗を好きな気持ちには変わりがないが、聞いてみたくはあった。

「違います！」

だが、柊也の問いに、隼斗はきっぱりと首を振る。

「確かに最初から、番だということはわかっていました。だけど、それと柊也さんのことを好きな気持ちは違います。たとえ柊也さんが番じゃなくても——柊也さんじゃない誰かが番だったとしても、俺は柊也さんを選びます」

「……ありがとう」

きっぱりとした言葉に照れくさくなりながらも、嬉しい気持ちのまま、ふわりと微笑む。それに我慢ができなくなったような顔をして、隼斗がこつんと額をぶつけてきた。

「……俺は、また柊也さんに触れてもいいでしょうか」

この体勢で、それを聞くのか。思わずくすりと笑ってしまいながら、だが、やはり無理矢理柊也に触れてしまったことが、隼斗に罪悪感を持たせているのだろう。よしよし、と伏せた耳ごと頭を撫でる。柔らかな感触に和《なご》みながら、そっと顔をずらして耳元に唇を寄せた。

「もう、絶対に一人で置いていかないいなら……、いいよ」

その言葉に返ってきたのは、ひどく嬉しそうな――そして、自分と同じようにどこか泣き出しそうな笑顔だった。


舌が絡み合う度に、耳に届く水音。

静寂の中で響くそれに、羞恥と快感が身体中を駆け巡り、柊也は縋るように隼斗の背中に回した指に力を込めた。

見慣れた自分の部屋のはずなのに、違う場所に来たような。そんな感覚に襲われながら、終わらない口づけに意識を奪われていく。

「ん……っ、ちょっと、待って……」

「すみません、待てません」

ベッドの上に座り口づけを繰り返しながら、柊也は必死に制止の声を絞り出す。だがそれも隼斗にあっさりと流され、再び声を封じられてしまう。

強く腰を抱かれたまま唇を重ね、舌で口腔《こうこう》を掻《か》き回される。唆《そそのか》すような声に誘われ自ら舌を差し出せば、軽く嚙まれ隼斗の口腔へと導かれた。

「ん、あ……っ」

貪り尽くすかのようなキスは、喉奥まで舐められてしまいそうなほど深く、苦しさと快感を同時に運んでくる。まるでたちの悪い甘い毒のようなそれに力が入らなくなった柊也は、キスが終わる頃には完全に隼斗の腕へと身を預けていた。

「……っ」

とさりと、仰向《あおむ》けにベッドの上に倒され、隼斗が覆い被さってくる。柊也は、涙の滲んだ視界でそっと隼斗の茶色の耳を撫でた。

「……ふふ、可愛い」

暗い部屋の中でも見えるそれに、なんとなく安心して目を細め微笑むと、隼斗が柊也に告げる。

「柊也さん。俺のピアス、外してもらえますか」

「え？　あ、うん……」

言われるままに、隼斗の両耳に手を伸ばしピアスを外す。外したそれを枕元に置くと、隼斗がふるりと頭を振った。

「あ……」

その一瞬で、隼斗の姿が本来の獣人のものへと戻る。銀色の髪と……赤い瞳。耳と尾も、同じく銀色になっている。

「綺麗……」

暗闇の中で光を放つかのようなその姿にぼうっと見惚《みと》れていると、隼斗が軽く目元に口づけを落とした。

「この格好でも、いいですか？」

「うん……、もちろん。これが、本当の姿なんだよね」

「ええ」

「なら、その方が……嬉しい」

隼斗の首に腕を回し、引き寄せる。そしてお返しのように、赤い瞳をしたその目元にそっと口づけると、隼斗が優しく目を細めた。けれど同時に、その優しさの奥に獣のような欲情の色を見つけ、ぞくりと身体が震える。

隼斗の掌がするりと柊也の身体を撫でながら、着ていたシャツを脱がせていく。唇や頬、喉元にキスが落とされ、時折走る痛みに、小さく声を上げた。

「ん……」

「柊也さん、柊也さん……」

譫言《うわごと》のように名を呼ばれ、隼斗の唇が身体のあちこちに触れていく。そして最初は触れるだけだったそれが、執拗に舌を這《は》わせるようになるまでそう時間はかからなかった。

「あ、あ……っ」

やがて全身の至るところを舐め尽くされ、柊也はベッドの上で嬌声《きょうせい》を上げながら身悶《みもだ》えていた。着ていたものは全て剝ぎ取られ、なにも隠すものがないまま、裸体が隼斗の眼前に晒《さら》されている。

「柊也さん、綺麗だ……」

薄暗い部屋の中であれば、はっきりとは見えないはずだ。そう思っていた柊也の考えが甘かったのを知ったのは、肌を全て晒してしまった後だった。

「や、見るな……っ」

獣人の——隼斗の視力が、人間のものとは違うということを失念していた。隼斗の目には暗い中でもはっきりと物が映るため、柊也の身体の全てが明るい部屋の中と変わらぬ状態で見えているのだという。

身を捩《よじ》って隠そうとするが、なんなく隼斗の腕に阻まれた。軽く開いた脚の間には、隼斗の膝が差し入れられ、それ以上閉じられないようになっている。柊也の手も押し返す形で隼斗の肩にかけられているが、その実、縋るように掴んでいるだけだった。

丁寧に、喉元から鎖骨、胸、そして腹部に舌を這わされ、内股《うちもも》へと下がっていく。まるでゆっくりと料理を味わうかのようなそれに、柊也は自分が隼斗に食べられてしまうような錯覚を覚えた。

「ここ、どこかにぶつけた?」

「ん、知ら、ない……」

膝の下辺りを見た隼斗が、そっとそこに口づける。どうやら、仕事中にぶつけたらしく青あざになっているらしい。本当に全てが見えているのだと思うと、さらに全身が赤くなっていく。

「はは……。柊也さん、色が白いから赤くなると可愛いね」

「言うな、ばか……っ」

先ほどまでより、ほんの少し興奮の混じった声で隼斗が囁く。そして再び柊也に覆い被さりながら、するりと柊也の肌を掌で撫でると、ずっと触れられずにいた中心へと触れた。

「ああ……っ!」

そこはすでに愛撫《あいぶ》によって先走りを零し続け、柊也の肌とシーツをびっしょりと濡らしていた。ぬるりとしたそれを優しく手で扱きながら、隼斗が、可愛いと何度目かわからない囁きを零す。

ひたすら優しい愛撫は、ひどくもどかしく、柊也は声を上げながら身を捩る。じわじわと炙《あぶ》られるように熱が身体に籠もり、けれど、籠もるばかりの熱を放つことができない。濡れた中心を扱く手も決して強くなく、柊也に優しい快感を与えようとしているだけのものだった。

「も、い、から……っ」

隼斗にも、気持ち良くなって欲しいのに。そう思いながら、隼斗の首に腕を回し、身体を引き寄せた。

「……──っ」

まだズボンを穿《は》いたままの隼斗の腰に、勃起した自身を擦りつける。布地に擦れ痛みを覚えるが、構わず腰を重ねて声にならないほどの小さな声で囁いた。

「隼斗君の……、……──」

「……っ、の！　我慢、してるのに！」

柊也の言葉に、悔しそうに隼斗が声を上げる。それにふっと目を細めながら、少し身体を離して隼斗の髪と耳のつけ根辺りを指で撫でた。

「我慢、しなくて……いい、のに」

「だって、絶対辛いですよ」

「明日は、休み……、だから。いいよ」

その代わり、ちゃんと面倒見てくれれば。くすくすと笑いながらそう告げると、それはもちろんですけど、と眦に口づけられる。

「一つ、言っておきます」

「……なに？」

溜息交じりに告げられたそれに、そっと首を傾げる。すると、隼斗がこつんと軽く額を合わせた後、柊也の瞳を覗き込んでくる。真正面から射貫くように柊也を見つめる赤い瞳は、飢えた獣のような欲情の色を孕《はら》んでいた。

その瞳に、ぞくんと腰から震えが走り、触れられている柊也のものから先走りが零れるのがわかった。

「俺は、狼《おおかみ》なので。……覚悟、しておいてくださいね」

「え？」

その言葉の意味がわからないまま目を見張っていると、不意に、隼斗が身体を起こす。穿いていたズボンの前をくつろげると、勃起した自身を柊也の前にさらけ出した。

「……っ」

自分のものとは比べものにならないほどの大きさに、こくりと息を呑む。そして再び柊也の身体に覆い被さってくると、二人の中心を重ね、まとめて掌で握りこんだ。

「あ、あ……っ」

自分のもの以外の熱と強く擦り合わされ、思わず声が溢れる。先ほどまでの優しい愛撫とは違い、明確に柊也を追い詰めるためのそれに、長い愛撫で焦《じ》らされていた身体はひとたまりもなく、すぐに追い上げられてしまう。

「んん……っ」

びくびくと腰を震わせ柊也が熱を放つと、隼斗が手を止める。掌で受け止めたそれを、柊也に見せつけるように舐めてみせ、全身が熱くなった。

「そん、な……、舐め……っ」

「美味《おい》しいよ」

にこりと笑いながら覆い被さってきた隼斗が、軽く口づけてくる。同時に、ぬるりとした感触が後ろに触れ、びくりと身体が震えた。

「大丈夫。……力、抜いてて」

耳朶《じだ》を食《は》みながら囁かれ、達したばかりで敏感になった肌が粟立つ。そうして後ろを弄《いじ》る隼斗の指を受け入れながら、柊也は必死で身体から力を抜こうとした。

「そう、上手い……」

言いながら、枕元に置いた保湿ジェルを潤滑剤代わりに手に取った隼斗が、さらに柊也の身体を開いていく。長い指で後ろをゆっくりと開き、身体の内側を撫でていく。その度に痛みよりもぞくぞくとした震えが身体に走り、やがて、自分の内壁が隼斗の指を引き込むように蠢《うごめ》いてしまっていることに気づいた。

「……、なん、か……、変……」

「大丈夫。変じゃない。俺達は……番だから」

痛みは、さほど感じないはずだよ。そう囁かれ、「番……」と譫言のように言葉を返した。

「そう。力も、身体も……誰よりも、相性がいいから」

「そ、か……」

なら、大丈夫かな。切れ切れにそう呟いた柊也に、そう、と隼斗が柊也の顔を覗き込みなながら嬉しそうに微笑む。まるで、帰る場所を見つけた子供のようだ。頭のどこかでそんなことをぼんやりと考えながら、柊也は、かすかに震える手を伸ばして隼斗の頬を撫でた。

「……じゃあ、全部、ちょうだい？」

その、存在ごと。隼斗の全てを。そう呟いた柊也に、隼斗が、頬に当てた柊也の手を握りながら泣きそうな顔で微笑む。

「うん。俺は、全部、柊也さんのものだ」

「……なら、俺も、隼斗君に全部あげるよ」

ふわりと微笑んだ柊也に、堪えきれなくなったように隼斗が激しく口づける。その激しい口づけを受け止めていると、やがて唇を解いた隼斗が、柊也の脚を抱え後ろに自身の熱を押し当てた。

「んん……っ」

痛みはほとんどない。けれどすさまじい圧迫感に身体が逃げそうになり、その度に隼斗の手に引き戻される。溺れるようにシーツを摑みながら隼斗の熱を受け入れ、そして、ぽたりと落ちてきた汗にゆっくりと瞼《まぶた》を開いた。

「……大丈夫、ですか？」

汗に濡れた前髪を指で優しく払われ、頷く。身体の奥に、自分のものではない熱と脈動をはっきりと感じる。どくどくと、繫がった場所から伝わってくるそれに、じんわりと胸が温

かくなり知らぬ間に涙が溢れた。

「柊也さん……」

「大丈夫。嬉しい、だけだから……」

頬を拭う手を取り、指を絡めて繋ぐ。そして、その指先にそっと口づけた。すると、身体の奥にあるものがどくんと脈打ち体積を増し、え、と目を見張った。

身体の内側、その奥の奥にまで届きそうなそれに震えていると、隼斗が、ぐっと腰を押し込んでくる。繋いだ手をシーツに押しつけられ、噛みつくようなキスとともに、柊也へ囁いてくる。

「あなたの中に、全部、注いでいいですか」

「……っ」

その言葉に、羞恥で息が止まりそうになりながらも、こくりと頷く。

「いいよ……、――……っ！」

そう囁いた途端、隼斗が一度腰を引き、内壁をかき分けるようにぐっと勢いよく突き入れてくる。最初は抵抗の強かった柊也の内部も、やがて隼斗のものに絡みつくように蠢き始めた。痛みはない。ただ、身体の奥からもたらされる痛みにも似た強い快感が、柊也の意識を塗りつぶしていった。

「あ、やあ、そこ……っ」

最も感じる場所を熱塊で擦られ、自分のものとは思えないほど甘さを孕んだ声を上げてしまう。自分では絶対に触れられない場所を隼斗のもので突き上げられ、けれどその怖いほどの快感がもっと欲しくて自ら腰を揺らしてしまう。

「柊也、さん……、柊也……っ」

「あ、やああ……っ」

柊也の身体を貪るように夢中で突き上げる隼斗に名を呼ばれ、ぞくんと全身に強い快感が走る。無意識のうちに身体の中にある隼斗のものを締め付け、頭上で隼斗が堪えきれない唸り声を上げるのが耳に届いた。

「隼斗、隼斗……」

助けを求めるように、そして縋るように。隼斗の名を呼ぶ柊也もまた、夢中で隼斗の首に腕を回してしがみついた。もっと近づきたい。隙間などなくなってしまうほど、近くに。

「……――っ、柊也！」

「あ、あああ……っ！」

互いの身体を引き寄せ合うようにしながら、隼斗が柊也の最奥を突く。直後、最後の階《きざはし》を上り詰めた柊也が、びくびくと腰を震わせて放埒《ほうらつ》を迎えた。

「あ、や、熱い……」

同時に、隼斗の身体も震え、柊也の中に熱を放つ。達しながら身体の奥に注がれる熱に、柊也は上り詰めた場所から下りてくることができず、下肢を震わせる。

「駄目、動かない、で……っ」

「すみません……。まだ、全然足りない」

震える声で制止する柊也の声を、だが、どこか虚《うつ》ろな隼斗の声が遮る。そして、身体を繋げたまま自身の身体と一緒に柊也の身体を起こすと、対面座位の状態で向かい合わせに座らせた。

「やああ……っ」

達したのに萎える気配のない隼斗の熱塊が、ずるりと柊也の身体のさらに奥深くへと入り込んでくる。先ほどまでよりさらに密着する体勢に、羞恥と安堵と恐怖が一気にこみ上げ柊也は必死に目の前の隼斗の身体にしがみついた。

「怖……」

「大丈夫……、気持ち良くしたいだけだから……」

そう言いながら、いまだ落ち着かない隼斗の身体を掌で撫で、そして腰を緩く突き上げてくる。休む間もない愛撫に、身体からも足からも力の抜けた柊也は、全てを隼斗に預けたまま揺さぶられた。

「ま、って……、やあ、あああ……っ」

「ごめん。俺は、本性が狼だから……。こうなると、長い、んだ……」

「そ、んな……、ん、んん……っ」

謝りつつも、貪るように口づけられ、制止の声は全て隼斗の唇に飲み込まれてしまう。互いの身体を抱き締め合ったまま舌を絡め合い、身体の奥を突き上げられる。

存在全てで繋がったような感覚に、柊也は、次第になにも考えられなくなっていく。自分が、自分でなくなっていくような……、隼斗と一つになり溶け合っていくような幸福感。

このままずっと、時が止まれば良いのに。

そんな言葉がちらりと頭を過り、だがすぐに押し寄せた快感の波に再び溺れていく。そうして互いの境目がわからなくなるほど、二人は何度も求め合っていったのだった。

◇◇◇

「柊也さん。片付け、終わったよ」

「ありがとう、隼斗君」

洗い場から顔を出した隼斗に笑みを浮かべ、柊也は厨房で昼の賄いを作っていた。そこに近づいてきた隼斗が、後ろから柊也に抱きついてくる。

「……こら、料理中は駄目だって言っただろ」

「柊也さん補充中。久々に会えたんだから、今だけ」

まあ、今作っているのは客に出す料理ではなく賄いだからいいだろう。そう結論づけ、柊也は隼斗をそのままに料理を作り続ける。背後で空気を切る音がするのは、隼斗の尻尾がご機嫌に揺れている証拠だ。

あれから、番である柊也と気持ちも身体も通じ合ったことで、隼斗は封じがなくとも完全に力を制御できるようになったらしい。持て余していた強すぎる力も、獣人の世界にいた頃よりも、自由に操れるようになったそうだ。

『凄いね、柊也さんの力』

どう変わったのかは、正直自分にはわからない。だが、封じを外した隼斗を見ていてもなんの違和感もないことがその証拠だと言っていた。

『柊也さんも、もう、指輪がなくても大丈夫ですよ』

そう言った隼斗は、柊也から指輪を受け取り、掌に載せて懐かしそうに見つめた。

『この指輪、実は、向こうで両親にもらったものなんです。両親が作ってくれた昔つけてた封じで……。灯さんに言われて預けてあったんです』

『え、そうなんだ？』

知らなかった事実を告げられて驚く柊也に、そうなんです、と隼斗が微笑んだ。

『元々、封じはその人に合ったものに対してかけないと効果が薄いんです。だから、灯さんが柊也さんにこれを渡しているのを見て、驚きました』

それは、隼斗の所有していたものが、最も柊也に合っていたということだ。そう聞けば嬉しく、自然と顔が綻んだ。

『これ、封じとしてはもう柊也さんに必要はないけど、もらってくれませんか』

そう言って再び柊也の掌に落とされた指輪に、だが柊也は目を見張った。両親からもらったものならば、大切なものだ。それを柊也がもらってもいいのか。

そう告げると、だからこそです、と隼斗が笑った。

『大切なものだから、柊也さんに持っていて欲しいんです。……いつか、もしいつか、機会があれば、俺の家族にも会ってください』

そう言われ、柊也は思わず涙を零してしまった。父親が亡くなり、たった一人になった自分に、一生一緒にいたいと思える人ができた。それは、この上もなく温かく、幸せなことだった。

そして結局、指輪は、今も柊也の胸に大切にかけられている。

「で、やっぱり受けるんですか。鳥海さんの話」

賄いの肉野菜炒《いた》めを作りながら、幾分ふてくされたような隼斗の言葉に笑いを零す。

「まあ、色々とお世話になったし。悪い話じゃないしね。……隼斗君も、手伝ってくれるんだろう？」

「それは、当たり前ですけど。いいですか、くれぐれも鳥海さんには近づかないようにしてくださいね。後、他の客にもあんまり愛想良くしたら駄目ですよ」

くどくどと言ってくる言葉を、はいはいと、軽く流す。あれから、隼斗は柊也に対する独占欲を全く隠そうとしなくなった。もちろん、柊也自身も隼斗との関係を隠す気はないため、特に止めることもない。

柊也の力は、隼斗とのことで制御はできるようになったとはいえ、やはり変わらず料理には出ているらしく、あれからさらに獣人の客が増えてきた。隼斗は面白くないようだが、客が増えるのはいいことだと柊也自身はのんびり構えている。

「さて、ご飯食べたら仕込み手伝ってね」

これからも、こうして二人で楽しく過ごしていけたらいい。そう願いながら、柊也は心からの笑顔で背後にいる隼斗を振り返るのだった。

口づけはデザートより甘く

「かんぱーい」

定食屋『ふじの』の店内に、のんびりとした声が響く。その声に合わせ、カウンター席に座った藤野柊也《ふじのしゅうや》は、苦笑とともに冷酒の入ったグラスを軽く持ち上げた。

一人分空けた左隣の席には、不機嫌そうな顔で缶ビールを持つ斎槻隼斗《いつきはやと》の姿が、そしてカウンターの角を挟んだ右隣には、声と同じくゆったりとした様子で冷酒のグラスを傾ける鳥《とり》海《かい》の姿がある。

「柊也君、これからよろしくね」

「こちらこそ、よろしくお願いします」

にこりと笑いながら言うのは、仕事帰りに店を訪れたスーツ姿の鳥海だ。夜の営業時間を終え閉店した『ふじの』では、三人でのささやかな宴席が設けられていた。宴席、とはいっても、料理は柊也があらかじめ用意しておいた数種類のつまみ程度のもの、アルコールは三人で持ち寄った簡素な飲み会だ。

なぜこの三人かといえば、これが、今度から新しく始める仕事の打ち合わせ兼前祝いという名目だからだ。

「うん、やっぱり柊也君の料理が一番だ。折角なら、施設だけじゃなく、個人的に私の弁当作りなんかも引き受けて欲しいなあ」

にこにこと微笑《ほほえ》み、料理を口に運びながら告げる鳥海に、ビールを飲んでいた隼斗がぼそりと呟《つぶや》く。

「誰が、んなことやるかっての」

「こら、隼斗君……っ」

慌てて声をかけた柊也をよそに、にっと口端を上げて笑った鳥海が言葉を返す。

「お前には言ってないよ、坊主《ぼうず》。余裕のない子供は嫌だねえ」

「……っ」

一触即発といった空気に乾いた笑いを漏らし、隼斗のシャツの袖《そで》を摘《つま》んで引く。面白くなさそうな表情で口を閉ざした隼斗を横目に、苦笑を浮かべて鳥海を見遣《みや》った。

「俺の料理は、そんな大層なものじゃないですよ。力の方はまあ……全く、というわけにはいかないみたいですから、最低限ですむようにしていますが」

以前とは違い、恋人であり――番《つがい》である隼斗のおかげでさほど意識せずとも力のコントロールができるようになってはいるが、やはり、柊也の作る料理には多少なりとも力の影響が出てしまうらしい。

「いやいや。もちろん柊也君の力も魅力的だけど、純粋に君の料理が好きなんだよ。食べるとほっとするしね」

「ありがとうございます」

いつも食べに来てくれる人にそう言われて悪い気がするわけもなく、微笑みながらそう返すと、隣の不穏な気配が増す。だがあえて気づかぬふりで、そういえば、と気になっていたことを口にした。

「鳥海さんは、清宮《きよみや》さんと親しいんですか?」

少し前、隼斗と番になり互いの力が安定したことを報告するついでに、鳥海から提案された仕事——獣人《じゅうじん》の子供達が暮らす施設へ弁当を卸す件についての影響を聞いてみたところ、清宮からは鳥海が仕切るならば心配ないだろうとあっさりとした答えが返ってきた。

その口調からなんとなく親しげな雰囲気を感じ隼斗に聞いてみたが、幾分嫌そうな表情で『あの二人の関係はよくわからない』と言われたのだ。

「親しい、というわけではないかな。私は、仕事や情報収集であちらの世界へ行くことも多いし、清宮からの紹介で獣人を雇い入れたりもしているから、情報交換という意味で連絡を取ることはそれなりにあるけどね」

「そうなんですね……って、鳥海さんはあちらに頻繁に行かれているんですか?」

あちら、とは、隼斗達の故郷である獣人の世界だ。隼斗を基準にしているせいか、なんとなく、こちらに来た獣人達はそう簡単にあちらには行かないイメージがあったのだ。驚いていると、鳥海が料理を口に運びながら肩を竦《すく》める。

「それなりにはね。そもそも私は、そこの坊主みたいな事情があったわけじゃなく、こちらに興味があって自分の意志で来ていたんだ。だから、今はどちらも同じくらい私の生活の場になっているよ。あちらにも住居はあるしね」

「へえ……」

さらりと言っているが、清宮から聞いた話では、こちらとあちらの世界を渡るには幾つかの条件と一定以上の能力が必要で、誰にでもできるというわけでもないらしい。今の柊也なら——万が一を考慮し隼斗と一緒であれば、という条件はつくが、問題ないだろうとは言われている。だがやはり『世界を渡る』という行為には、ハードルの高さを感じてしまう。

「柊也君の場合、渡ること自体より、あちらに行ってからの方が問題だろうからね。そこの子供が頼りにならなければ、私がいつでも連れて行くよ」

「余計な世話だ、この老害梟《ふくろう》」

「そういうのは、年の功っていうんだよ。坊主」

柊也を間に挟み静かに始まる睨《にら》み合いに、口元を引きつらせて冷酒を口に運ぶ。

隼斗と番になって以降、色々なことが気配で認識できるようになったが、鳥海の種族は梟らしい。能力は、隼斗のような身体能力的なものではなく知識や頭脳的なことに特化しているそうで、情報や人脈に関しては清宮にも劣らないという。

とはいえ、鳥海に関しては本人の申告通りあまり表に出ないのか、それとも隠されているのか、身体的特徴が全く見えないためより人間に近い印象を持ってしまっているのだが。

（そういえば、清宮さんは種族すらわからないんだよな……）

獣人の世界から戻ってきた隼斗とともに、報告のため清宮に会いに行った時に感じたのは、圧倒的な『威圧感』。

とはいえ、それは清宮があえてこちらを威圧していたというわけではなく、柊也の力が安定したことで、他の獣人の『本来の力』を感じ取れるようになったからこそだと言われた。

『あの人の前に行くと、背中がぞわぞわして落ち着かないんだ』

苦笑とともにそう言っていた隼斗の気持ちが、その時初めてわかったのだ。自分よりはるかに能力が高い相手だからこそ、本来の力が読み取れない。それを『威圧』や『畏怖』として感じ取ってしまっているのだ。

「ええと……。そういえば、打ち合わせはこっちでいいんですか？」

清宮と会った時のことを思い出しながらぼうっとしていたら、続いていた軽い小競り合いとともに両隣の険悪な雰囲気が増していることに気づき、苦笑とともに慌てて口を挟む。仲が悪い、というよりは、柊也をダシにして仲良く喧嘩《けんか》しているように見えるのだが、それについてはそっと言葉を呑み込んでおいた。

わざとらしい柊也の話題転換に、隼斗は口を閉ざしてビールのグラスを傾け、鳥海も隼斗を鼻であしらう表情を消し、いつもの穏やかな笑みで頷《うなず》く。

「もちろん。手伝いに入るスタッフも、実際に作業する場所を見ながら打ち合わせた方がいいだろうしね」

「……本当に、来ていただいていいんでしょうか？」

現状、鳥海発案の施設へ卸す弁当作りは、二週間に一度くらいのペースで様子を見ることになっている。軌道に乗れば増やすことも考えているが、今まで通り店を開けることも考え、無理のない範囲で始めようということで落ち着いた。

そして弁当作りの際、鳥海が持つ店から一人、獣人のスタッフをアルバイトとして雇うことになったのだ。一度顔合わせをした二十五歳だというその男性スタッフは、小柄で外見は比較的幼く見えるものの、明るくさっぱりとした雰囲気で初対面の印象はとてもよかった。鳥海が薦めてくれるだけあって、仕事の方も有能らしいのだが、だからこそ逆にそんな人材に来てもらっていいのだろうかという躊躇《ためら》いがあるのだ。

「問題ないよ。獣人だから事情もわかっているしね。それに、手伝いは本人の希望でもあるんだ」

「え？」

首を傾《かし》げると、柔らかく目を細めた鳥海が冷酒を口に運びながら続ける。

「彼自身、こちらに来て働き始めるまでは施設で育っていたんだよ。それを踏まえて今回のことを話したら、ぜひ自分にやらせて欲しいってね」

他にも数人候補はいたそうだが、柊也との相性と本人の性格、やる気を考え、最も適任だろうということで決まったそうだ。

「そうだったんですね……」

「柊也君の力のことはまだ話していないけど、他言無用を徹底させるから、そこは安心していい。若いけど比較的長くいるスタッフだから、信用できるよ」

万が一の時は、私がきちんと責任を取るから。安心させるようにそう告げる鳥海に、頬《ほお》を緩めて頭を下げた。

「……わかりました。色々と気遣っていただいて、ありがとうございます」

「こちらこそ、良い仕事になるように尽力させてもらうよ」

そう言って差し出された手を取ろうとすると、いつの間にか背後に立っていた隼斗が、引き寄せるように柊也の身体《からだ》に腕を回し、差し出しかけていた手を止める。そして、不穏な空気を纏《まと》わせながら鳥海に、いつの間にか新たな酒で満たされた徳利《とっくり》を差し出した。

「人の番に気安く触らないでもらえますかね。酒飲んでさっさと帰ってください」

「やれやれ。子供の過ぎた独占欲は嫌われるよ。柊也君、折角だからもう一度乾杯しようか」

刺々《とげとげ》しい言葉の応酬にすでにかける言葉もなく、柊也は乾いた笑いを漏らしながらお猪口《ちょこ》を差し出すのだった。

ダイニングテーブルに座り、真っ白い封筒に入れられた手紙を手にした柊也は、廊下から聞こえてきた物音に顔を上げた。見れば、廊下から続く扉の前に、風呂《ふろ》上がりの隼斗が濡《ぬ》れ髪のまま肩にタオルをかけて立っている。銀色の髪に、同色の耳や尾を出した姿は、隼斗の獣人としての本来の姿で、ここのところ、二人で家にいてくつろいでいる時などはこの姿でいることが多かった。

「ちゃんと拭《ふ》かないと、風邪《かぜ》引くよ」

苦笑とともに腰《こし》を上げ、お茶を淹《い》れようとキッチンに向かう。

「すぐ乾くから、大丈夫」

そう言いながら耳ごと大雑把に髪を拭いた隼斗が、ふとテーブルの上に置かれた手紙に視線を向ける。そして、急須と湯呑《ゆの》みを取り出しお茶を淹れている柊也の方へ視線をやると、ほんの少し気遣うように言葉を続けた。

「悩んでるんですか?」

「うん。まあ、なんとなくね。どうしようかなあって」

苦笑しながら答え、二人分の湯呑みにほうじ茶を淹れてお盆で運ぶ。テーブルの上に置いていた手紙を手に取り隼斗を促すと、リビングの座卓にお盆を置き、手紙を元の場所――両親の写真を飾った棚の上に置いた。

「そのうち、でいいんじゃないですか? 俺は、黙っていてもいいと思いますが」

「そうかな……」

苦笑とともに呟くと、先に座っていた隼斗が手を伸ばしてくる。その手を取り、すぐ傍《そば》に腰を下ろすと、背後から抱き込まれるように緩く身体に腕が回された。

先ほどまで見ていたのは、柊也の母親が、柊也に宛てて遺《のこ》していた手紙だった。

それが遺されていると知ったのは、隼斗と結ばれ番となった数日後のこと。

柊也の母親は、万が一『必要になった時だけ』その手紙が見えるように、力で細工をしていたらしい。自身の能力が特殊なものであるがゆえに、いずれ子供に影響を与えるかもしれない。それを危惧し、亡くなる前に手紙を遺していたのだ。

とはいえ、力が発現しなければ知らなくてもいいことではある。そのため、自身と同じ性質の力を持つ者が探した時にしか手紙を見つけられないようにしていたのだ。

本来であれば柊也の力が発現した時に探せば見つけられていたのだろうが、力が不安定だったため、ごく薄い気配を感じ取れなかったのだ。

隼斗と番になった後、ふと、母親の形見である小物を仕舞ってあった棚からかすかな気配を感じ開けてみたところ、今まで見つけられなかった手紙を見つけた。

「覡《かんなぎ》、か……。隼斗君は、会ったことある？」

「俺はないですね。灯《あかり》さんは知っているようなことを言っていましたが……後、鳥海さん辺りなら、知ってるでしょうね」

鳥海の名前を出す度に嫌そうな顔をする隼斗にくすりと笑いを零《こぼ》し、腹の辺りで組まれた手を宥《なだ》めるように軽く叩《たた》く。

柊也の母親は、白狐《びゃっこ》だったらしい。そして、柊也の力から清宮が推測していたように獣人の中でも特殊な能力を持つ『覡』と呼ばれる存在だったようだ。あちらの世界でトラブルに巻き込まれ、怪我《けが》を負いこちらへ逃げてきた際に、柊也の父親に助けられたのだという。

こちらに来て以降、自身の力を完全に封じ同族からも身を隠していたのは、こちらの世界の事情が全くわからなかったのと、自身の特殊な力ゆえ、だったそうだ。

『覡』は、その力の特殊性から獣人の世界では保護対象となっていたものの、一方で、その力を利用するために狙われやすくもあったらしい。

母親も、一時的にこちらの世界に身を隠し、いずれ時が経てば獣人の世界に戻るつもりだったようだが、助けてくれた父親とともにいるうちにこちらに残り父親と一緒になることを決めたそうだ。

そして、柊也が生まれた。

幸い、生まれたばかりの柊也に、獣人としての力は具《そな》わっていなかった。そのことに一度は安堵《あんど》したものの、やがて自身が病に冒されていることを知った時、自分がいなくなった後に柊也の力が発現した時のことを危惧したのだという。

通常であれば、人間との間に生まれた子供に、獣人の力は引き継がれない。実際、柊也にも母親の白狐としての姿や能力は引き継がれていない。ただし『覡』の力は別だ。特殊であるがゆえに不確定要素が多すぎ、母親は万一の場合を想定し手紙を遺したのだ。

手紙に書かれていたのは、主に、柊也への謝罪と、力のことを含め『覡』であった自身についてだった。

そしてそこには、自分は助けを求めることができなかったけれど、恐らく、事情を話せば助けてくれるだろうと、獣人達の相談役である清宮の名前が書かれていた。

柊也が迷っているのは、母親の手紙のことを清宮に話すかどうかだった。

隼斗に相談したところ、話す義務はないが、たとえ話したとしても柊也の不利益にはならないだろうと言われた。すでに柊也の力の特殊性は把握されており、母親が『覡』だったという見立てはほぼ間違いないだろうと確実視されている。手紙は、それを裏付けるものに過ぎないからだ。

さらに、話した場合、頼めば獣人の世界での柊也の母親の身内を調べることができるかもしれない、とも告げられたのだ。

「探せば、見つかるかな」

「絶対に、とは言えませんけど。灯さんなら、調べれば辿《たど》り着けそうな気がします」

苦笑しながらの隼斗の言葉に、確かに、と柊也もつられて苦笑する。

手紙にははっきりと書かれていたわけではないが、なんとなく、故郷を懐かしむような気配が伝わってきたのだ。あちらの世界が嫌で逃げてきたわけではない。ならば、もし母親の素性がわかれば、せめて、形見をあちらに連れて帰ってあげることができるかもしれない。そう、思ったのだ。

「……今度、駄目元で頼んでみようかな。隼斗君も一緒に行ってくれる？」

「それはもちろん。もしもわかって、あちらに行くようなら、俺が責任を持って安全に連れて行きますから」

背後から手を取られ、指先に軽く口づけられる。その言葉に、数日前、店で鳥海と言い合っていた時のことを思い出し、くすくすと笑いが止まらなくなった。

「大丈夫。行く時はちゃんと隼斗君にお願いするよ」

「そうしてください」

「隼斗君、やっぱり鳥海さん苦手？」

笑いながらそう続けると、どこかふてくされたような声が返って来る。

「……苦手、というよりは気に入らないだけです。向こうも、わかっててからかってるんでしょうし」

年齢や、経験による差。それはどうしようもなく、だから余計に男として刺激されてしまうのだろう。柊也のように、自分にやれる範囲で生計を立てていればさほどでもないが、まだ学生という立場上、それが顕著なのだ。

（あれだけ言いたいことが言えるっていうのは、結局、仲が良いんだと思うんだけど）

なんだかんだ、柊也へ持ちかけられた仕事の話では隼斗がアイデアを出し採用されることも多く、決して相性の悪い二人ではないと傍で見ていて思うのだ。鳥海が柊也に過剰にちょっかいをかけるのも、大半は隼斗をからかう意味もあるのだと思っている。

それでも、隼斗の気持ちがわからなくはないため、頬を緩めながら身体の向きを変えて正面から隼斗に抱きついた。

「誰がなにを言っても、俺の一番は隼斗君だよ」

「……わかってます」

ふっと微笑んだ隼斗の顔が近づき、目を伏せる。柔らかな口づけとともに、背中に回った手に力が籠もり、柊也もまた高鳴る鼓動とともに温かな胸に自ら身体を寄せていった。

「……ん」

ベッドに仰向《あおむ》けに横たわり、肌《はだ》の上を這《は》う舌の感触に、柊也は堪《こら》えきれず身を捩《よじ》りながら小さな声を漏らす。

風呂上がりに着ていたパジャマは、下着ごと全て取り払われ、一糸纏わぬ姿を隼斗の前に晒《さら》している。そして、スウェットの上着だけを脱いだ隼斗が、そんな柊也に覆い被《かぶ》さるようにして白い肌にゆっくりと唇《くちびる》を辿らせていた。

「柊也さん、ここ、火傷《やけど》しました……？」

腕を取り、肘《ひじ》の少し下辺りに唇を寄せた隼斗がそっと呟く。かすかに眉《まゆ》を顰《ひそ》めたそれに、柔らかな――そして焦《じ》れったい刺激を与えられ続けている柊也は、どきどきと速くなる鼓動に息を上げながら答えた。

「……わか、んない……。なに、か……、当たった、かな」

「気をつけてくださいね。折角、綺麗《きれい》な肌なんですから……」

「……っ」

そう言いながら、火傷の痕《あと》があるらしい箇所に丹念に舌を這わされ、小さく息を詰める。

部屋の明かりを落としていても、獣人である隼斗の瞳には、明かりをつけている時と同じように柊也の姿が映っている。だからこそ、この暗い部屋の中で、柊也の身体についたわずかな傷すら見つけられてしまう。そのことがさらに羞恥を呼び、じわりと肌が熱を持った。

「……柊也さん、綺麗だ」

そっと腹の辺りに掌を這わせながら、隼斗が胸元に唇を寄せてくる。敏感な――淡く色づいた胸先に舌を絡められると、自分でも無意識のままびくりと身体が震えた。

「ん、……っ！」

水音をさせながら片方の胸に舌を這わせ、もう片方を指で擦《こす》られる。同時に与えられる異なる刺激が、一気に柊也の体温を上げていく。

零れそうになる嬌声《きょうせい》を唇を噛《か》んで堪えていると、やがて胸から離れた舌が腹部へと下りていく。そして、すでに勃《た》ち上がりかけている柊也自身には触れず、内股《うちもも》から膝裏《ひざうら》と、感じやすい部分に舌を這わされ、その度に身体が揺れた。

だが、やがて濡れた感触が足先に向かった頃、柊也は目を見開いてベッドに肘を突きわずかに身体を起こす。

「や、そこは……っ」

「大丈夫……」

咄嗟《とっさ》に引いた足首を摑《つか》まれ、指先が咥《くわ》えられる。ゆっくりと舌を絡ませ舐《ねぶ》られるそれに、羞恥とともにざわりと快感が全身を走った。

「そこ、だめ……っ」

がくりと肘から力が抜け、再びベッドの上に沈む。慣れない場所への刺激に身体がついていかず、自分でも驚くほどに快感を拾ってしまう。完全に勃起《ぼっき》した柊也自身からは、とろとろと先走りが零れ、肌を濡らしていく。

「柊也さん……、ここ、感じるんだ……」

ふっと脚に息がかかり、その感触にもびくりと身体が震える。

「も、やめ……」

羞恥と戸惑いで枕に顔を埋《うず》めるようにしていると、不意に摑まれていた足が解放され、ぎしりと隼斗が再びのしかかってきた。

「柊也さん、真っ赤だ。……可愛《かわい》い」

嬉《うれ》しそうな声で言いながら、柊也の頰に掌を添える。涙の滲《にじ》む瞳で隼斗を見ると、声と同じに嬉しそうな――そして、堪えきれない飢えを隠したような瞳にぶつかった。

「……っ」

「ばか……、汚い、よ……」

「柊也さんの身体に、汚いところなんかないよ……」

そう呟きながら頰、そして額に唇が落ちてくる。優しいそれにわずかに力を抜くと、するりと腰の辺りを撫《な》でられた。

「明日、休みだし……、たくさんもらっていい？」

その手が尻《しり》の方へと回り、小ぶりなそこをぎゅっと摑まれる。その刺激に、びくりと身体を震わせながら、柊也は小さく苦笑して枕に埋めるようにしていた顔を再び前に向け、隼斗の首に腕を回した。

「あんまり、無茶しないなら……いいよ」

「ははっ……、ごめん、自信はない」

そう言いながら、隼斗の瞳がすっと赤から金色へと変わる。綺麗な――そして、欲情の滲んだ、獲物を狙う肉食獣のそれにかすかな恐怖と期待を感じ、どきどきと胸が高鳴る。

「綺麗……」

呟きながら隼斗の目元に唇を寄せる。真《ま》っ直《す》ぐに自分を見つめるこの瞳が、柊也は一番好きだ。いっそ、食べられてしまってもいいと思うほどに。

なによりも、誰よりも、自分を欲してくれている。それが、伝わってくるから。

「柊也さんの、獣人姿も……見てみたかったですね」

くすりと笑いながら、昂《たかぶ》った腰を押しつけられる。硬い感触に息苦しいほどの鼓動を感じながら、柊也もまた脚を擦り寄せ自身のそれを隼斗に押しつけた。

「想像、できないなあ……」

「白狐だったら……、凄《すご》く、似合いそうだ」

呟きながら口づけられ、首に回した腕を引き寄せながら深くなるキスを受け入れる。舌を絡ませ合い、徐々に深くなるそれとともに内股にかけられた手に脚を開かれ、深い場所に濡れた指が潜りこんでくる。

「ん……っ」

ゆっくりと身体が開かれていく感触に、小さく声を上げる。最初ほどではないものの、やはりかすかな違和感はあり、眉を顰める度に宥めるような口づけが額や目元に落とされた。

「痛くない……？」

かすかに上がる息の中で、隼斗が優しく問いかけてくる。自分がどんなに苦しくても、隼斗は絶対に急がない。こんな時は、年下とは思えないほどの包容力と忍耐強さを感じさせてくれ、柊也はいつも安心して身を預けることができた。

「大丈夫……。隼斗、君は、いつも……優しいよ」

にこりと笑いかけると、それにつられるように微笑んだ隼斗が、唇を寄せてくる。目を閉じてキスを交わしていると、やがて身体の内部を探っていた指が徐々に増やされていった。

「……っ、隼斗、くん……も、いい……っ」

ずっと焦らすような愛撫《あいぶ》を続けられていた身体は、いつもより早く隼斗を欲しがってしまう。そんな自分が恥ずかしく、けれど、指では物足りなくなってしまった身体が疼《うず》き、思わず声が零れた。

「うん……。柊也さんのここ、いつもより柔らかい……。俺のこと、欲しがってくれてるみたいだ」

「……っ！　ああ……っ！」

嬉しそうな声とともに指をぐるりと回されると、その刺激に身体が跳ねた。同時に、内壁が隼斗の指に纏わりつき、もっとと言うように締め付けるのを自分でも感じてしまう。

「可愛い……、柊也さん……」

「もう……、いいから……っ」

早く、ちょうだい。そう囁《ささや》くように呟くと、ぐいと脚が持ち上げられ身体を折り曲げられる。そのまま、後ろに今まで以上に硬い熱が当たり、小さく息を呑んだ。

「あ、ああああ……っ！」

ずるり、と熱塊に貫かれる感覚に、押し出されるように嬌声が上がる。同時に、大きく身体が震え、今まで堪えていたものを放ってしまう。

「ご、め……」

「柊也さん、挿《い》れただけで達ったんだ……」

いまだ収まらない身体の震えを持て余したまま、隼斗の首に縋《すが》り付く。身体と一緒に、隼斗自身を包む内壁も震え、隼斗の熱が一回り大きくなる。

「や、駄目……、まだ……」

「ごめん、柊也さん……」

ごくり、と息を呑む音とともに、隼斗のものがずるりと内壁を擦る。達したばかりの身体にはかすかな刺激も強く、柊也は身体の震えが止まらないまま声を上げた。

「あ、そこ、だめ……、だめ……っ！」

一気に激しくなる抽挿に、堪えることもできず柊也は与えられた強い快感に身悶《みもだ》える。ただ一つ、縋ることができるのは隼斗の身体だけで、首に回した腕に力をこめた。

「強い……、そこ……っ」

「うん、そう……、そうやって摑まってて……」

譫言《うわごと》のようにそう言いながら、隼斗がさらに奥まで突き入れてくる。そうして貪るように柊也の奥を自身のもので掻《か》き回すと、やがて一際深い場所で熱を放った。

「……っ！　あああ……っ！」

びくびくと長く続く放埒《ほうらつ》に、柊也もまた、知らぬ間に勃ち上がったそこから蜜《みつ》を零す。身体の中にある隼斗のものを包む内壁は、柊也が達するのに合わせて震え、熱を保ったままの隼斗に絡みついた。

「凄い。柊也さん……、また達《い》った……？」

ふっと嬉しそうな声で耳元で囁かれ、その吐息にすら身体が震える。

そして休む間もなく、再びずるりと隼斗の熱が動き始め、え、と柊也は目を見開いた。

「待って……、も、まだ……」

「ごめん。俺、まだ全然、足りない……」

その言葉通り、隼斗の熱は一度達したにも拘《かか》わらず全く萎える気配がなく、柊也の中で硬さを保っている。その感触に、快感と混乱が同時に渦巻き、柊也は無意識のうちにかぶりを振った。

「少し、待って……」

「……待てない、って言ったら？」

「やぁ……っ」

一度途中まで引き抜かれた隼斗の熱が、ゆっくりと奥まで戻ってくる。二度も達し敏感になった身体は、たったそれだけでこれまで以上に強い刺激を柊也にもたらし、がくりと力が抜けた。同時に、上半身を起こした隼斗に引き寄せられ、向かい合うようにして隼斗の脚の上に座らされた。

先ほどまでより、さらに奥まで届く隼斗の熱から、鼓動が伝わってくる。そんなささいな感触からすら快感を拾ってしまい、力の入らない身体を隼斗に預けた。

「あ、あ……」

「大丈夫……。もっと、ずっと……気持ち良く、するから」

言いながら、優しく背中を撫でられる。その優しい手つきとは裏腹に、声に滲む腹を空《す》かせた獣のような気配に、柊也の身体はふるりと震えるのだった。


「えっと……、大丈夫?」

躊躇いがちにかけられた声に、ぎしぎしと音がしそうな四肢をわずかに動かし、ベッドの端に座り顔を覗《のぞ》き込んでくる隼斗を見遣った。その視線が、やや恨みがましげなものになってしまうのは勘弁してもらいたい。

「……大丈、夫……」

かすれた声に、ごめん、と耳を伏せた隼斗が指先で目にかかった前髪を避《よ》けてくれる。指先一つ動かしたくないといった態《てい》の柊也の頬にそっと掌を当てて撫でた隼斗が、「水、飲める？」と声をかけてきた。

隼斗の手を借りてゆっくりと身体を起こすと、柊也の後ろに座った隼斗が、背後から抱き込むようにして自分の身体に寄りかからせてくれる。持っていたミネラルウォーターのペットボトルの蓋を開けて渡してくれるが、手に力が入らないのを見ると、隼斗が水を口に含みそのまま口づけられた。

「……ん」

口移しで水を与えられ、少しずつ喉《のど》が潤う。幾度かにわけて水を飲ませてもらうと、ほっと息をついた。

「あり、がとう……」

「いえ。すみません、がっつきすぎて……」

「いいよって言ったのは、俺だし、大丈夫……。さすがに、休みじゃなかったら無理だけど」

苦笑しながらそう告げ、視界に入った隼斗の銀色の尻尾《しっぽ》をそっと撫でる。ふわふわの尻尾は手触りもよく、たまに手入れをさせてもらうのが柊也のひそかな楽しみだった。

柊也に尻尾を触らせたまま、隼斗が腹に回した手にほんの少し力をこめて柊也の身体を引き寄せる。そして、背後からするりと懐くように肩に頭を寄せてきた。

「柊也さん、すごく良い匂いがするから、つい欲しくなり過ぎちゃって」

「匂い？　え、なにか……、ご飯の匂いとか？」

仕事で料理をするため、基本的に柊也は匂いがするものはなにもつけていない。だが、くすくすと笑いを零し首筋に唇を寄せた隼斗が、わずかに匂いを嗅ぐようにする。

「や……」

くすぐったさと、まだわずかに残った官能の名残《なごり》で、身体が震える。すると、耳元で隼斗が低く囁いた。

「甘い匂い……。これは、番の俺にしかわからないから、大丈夫」

相手を誘うようなその匂いは、番にしか感じられないものなのだという。まるで、無意識のうちに隼斗を欲しがっているようで恥ずかしく、じわりと肌が熱を持った。

「……うう」

「はは。柊也さん、可愛い。恥ずかしがらなくても大丈夫だよ」

俺達獣人にとっては、当たり前のことだから。そう言われ、自分にも感じられるのだろうかと肩口にある隼斗の髪に顔を寄せて見ると、確かに、ほのかに甘い——そして、いつまでも嗅いでいたいようなひどく良い匂いがした。

「……あ、本当だ。これかな」

どきどきと高鳴る胸に、そっと隼斗の掌が添えられる。

「うん。柊也さん、どきどきしてる」

「あ！　もう、駄目だって……」

するりと胸を撫でられ、びくりと身体が震える。再び官能を呼び起こされそうになるが、疲れ果てた身体ではこれ以上隼斗を受け止めることはできない。慌てて胸を撫でる手を摑むと、隼斗もそれ以上いたずらすることもなく再び腹に腕を回した。

そうして、再び隼斗の尻尾を撫でてその柔らかさに癒されながら、ふと思い出したことを口にする。

「そういえば、波田《はた》さんから連絡があったって言ってたよね。葛《かずら》君達、元気にしてるのかな」

三人での宴席で、隼斗と鳥海がそんな話をしていたのだ。詳しく聞きたかったが、タイミングを外し、聞けないままでいたのだ。

「ああ、元気だって言ってたよ。葛のことは波田がいるから、心配しなくても大丈夫」

隼斗が、葛の気持ちには応えられないと告げたことは、隼斗から聞いて知っている。そして大泣きはしたものの、葛は波田とともに大人《おとな》しく獣人の世界に戻ったということも。

そのことに、罪悪感を覚えつつもどこか安堵した自分がいた。柊也には突っかかってきていたが、別の形で会っていれば、生意気だけれど放っておけない可愛い弟のような存在になっただろうなと思うからだ。隼斗が大切に思っているのも感じられたため、さすがに、二人が目の前で仲良くしていたら心穏やかなままではいられなかった。

「波田さんは、なんだかんだ言いながら葛君のこと可愛がってるよね」

「ああ……、うん、まあ」

なんとなく言葉を濁した隼斗を振り返って見ると、苦笑とともに軽く口づけられる。

「あれは、可愛がってるっていうより、囲い込んでるっていう方が正しい」

「え？」

「……逃がす気も全くなさそうだしね。まあ、葛にはあれくらいの方が手綱もしっかりしていいんだろうけど」

ぼそりと呟いたそれに首を傾げていると、再びじゃれるようなキスが繰り返される。

「波田が俺を獣人の世界に戻らせようとしてたのは、まだ小さかった葛と約束したからだってさ。あんまり泣くから、仕方がなく。それも、交換条件と一緒に」

「……ん、うん？」

キスの合間に呟かれ、なんとなく見えるような見えないような文脈にわずかに眉を顰める。すると、深く重なった唇の隙間から舌が差し入れられ、柔らかく柊也の舌を搦《から》め捕った。

「ん……、隼斗、君……」

ともすれば再び熱を持ってしまいそうな身体をわずかに捩らせ、吐息の中で隼斗を止めるために名前を呼ぶ。だが、それに誘われるように口づけが深くなり、柊也の声は隼斗の口の中へ消えていった。

「俺が戻ればその約束は果たされる。……それが、たった一回、少しだけでも、ね」

「え、それ……って、んん……っ」

口づけの合間に、苦笑交じりに呟かれたそれに、ようやく柊也もその意味を悟る。

「まあ、あっちのことは心配ないし、なるようになるよ。……それより、俺は柊也さんのことの方が大事」

「も、隼斗君、駄目だって……、ば……」

するりとパジャマの上から身体をなぞられ、再び身体の奥の熱が高まってしまう。その手を止めようとするが、背後から覆い被さるように与えられる口づけに意識が奪われて、徐々に身体から力が抜けていった。

「だって、柊也さんの匂い……強くなってるし、すごく、甘くなってる」

首筋に落ちてきた口づけに、びくりと身体を震わせると、背後の腰の辺りに硬くなった熱が当たった。

「無理、だってば……」

「挿れないから、少しだけ触らせて……。まだ、朝だし……」

後で、二人でゆっくり眠ろう。甘えるようにそう言われ、普段、店がある時は柊也の身体を気遣い、どんなに欲情していても柊也に負担をかけないようにしてくれているのを知っているため、ついついほだされてしまう。

「少し、だけだよ……」

そんな柊也の言葉に、視界の端に映った隼斗の尻尾が嬉しそうに揺れる。重い腕を上げ、隼斗の頭に手をやり耳ごと髪を撫でると、柊也の身体を引き寄せた隼斗が、そっとパジャマの中に掌を這わせてきた。

「ありがとう、柊也さん」

嬉しそうな声とともに肌に唇が這わされ、つい、可愛いと思ってしまう。

普段はしっかりしすぎるほどしっかりしていて、年上であるはずの柊也の方が助けられてばかりなのに、こういう時は年下らしさを感じてしまう。たまに見せるそんな顔が実のところ柊也はとても好きで、甘やかしたくなってしまうのだ。

「柊也さん、大好き」

「うん、俺も好きだよ……」

互いにだけ感じられる匂いに包まれ交わす口づけは、なによりも甘く。

その結果、昼過ぎまで散々焦らされ喘《あえ》がされてしまい——再び沈没するように意識を失ってしまうとは、その時の柊也は想像していなかった。

あとがき

こんにちは、杉原朱紀です。この度は「年下オオカミ君に愛情ごはん」をお手にとってくださり、誠にありがとうございました。

ご飯ともふもふという大好きなものを詰め込んだお話になりましたが、いかがでしたでしょうか。今回は、焦れったさはありつつも、ゆるっと読んでいただける感じになっているかなと思いますので、疲れた時の気分転換になれば嬉しいです。攻さんのもふもふは初書きだったのですが、とても楽しかったです。

挿絵をご担当くださいました、猫乃森シマ先生。お忙しい中、ありがとうございました。どのキャラも凄く格好良く可愛くしていただき、先生のイラストで、このお話の世界をさらに広げていただきました。本当に、素敵なイラストをありがとうございました。

担当様。いつも的確なご指摘と、優しい言葉での励ましをありがとうございます。迷惑をかけない大人になれるよう頑張りますので、今後ともどうぞよろしくお願いします……。

最後になりましたが、この本を作るにあたりご尽力くださった皆様、そして読んでくださった方々に、心から御礼申し上げます。

もしよろしければ、編集部宛やTwitter等で感想聞かせていただけると嬉しいです。

また、お会いできることを祈りつつ。

二〇二一年　杉原朱紀

✦初出　年下オオカミ君に愛情ごはん……………書き下ろし
口づけはデザートより甘く…………………書き下ろし

杉原朱紀先生、猫乃森シマ先生へのお便り、本作品に関するご意見、ご感想などは
〒151-0051 東京都渋谷区千駄ヶ谷 4-9-7
幻冬舎コミックス　ルチル文庫「年下オオカミ君に愛情ごはん」係まで。

幻冬舎ルチル文庫

年下オオカミ君に愛情ごはん

2021年1月20日　　第1刷発行

✦著者　杉原朱紀　すぎはら あき

✦発行人　石原正康

✦発行元　株式会社 幻冬舎コミックス
〒151-0051 東京都渋谷区千駄ヶ谷 4-9-7
電話 03(5411)6431[編集]

✦発売元　株式会社 幻冬舎
〒151-0051 東京都渋谷区千駄ヶ谷 4-9-7
電話 03(5411)6222[営業]
振替 00120-8-767643

✦印刷・製本所　中央精版印刷株式会社

✦検印廃止

ISBN978-4-344-84797-2　C0193　Printed in Japan